SAINT-FLOUR ET JUSTINE,

OU

HISTOIRE D'UNE JEUNE FRANÇAISE DU DIX-HUITIÈME SIÈCLE;

Avec un Dialogue sur le caractère moral des Femmes.

Par M. DE FERRIERES.

Longum est iter per precepta
Mitius jubetur per exempla.

PREMIÈRE PARTIE.

A PARIS,

Chez { BELIN, Libraire, rue S. Jacques; ROYEZ, Libraire, quai des Augustins; DESENNE, Libraire, au Palais Royal.

M. DCC. XCI.

AVERTISSEMENT
DE L'ÉDITEUR.

La première Partie de cet Ouvrage parut en 1788 ; des raisons qui n'existent plus empêchèrent l'Auteur de publier les trois Parties suivantes ; elles composent Saint-Flour & Justine, & sont une suite naturelle de celle intitulée De la Femme. L'accueil favorable que le Public fit à cette première Partie (*), est un motif pour nous d'espérer qu'il n'accueillera pas moins favorablement celles que nous lui donnons. Les changemens que la Révolution a déja produits dans les esprits, la ligne de démarcation qu'elle établit entre ce qui a été, & ce qui va être, rendent encore plus

(*) Voyez le Journal de Paris du 28 Octobre 1788, le Mercure du même mois.

intéressante la peinture naïve & vraie, des mœurs qui existoient avant cette grande époque. La comparaison sera sans doute à l'avantage de la génération qui se prépare ; mais peut-être n'est-il pas inutile de rappeller aux femmes que le Patriotisme n'est pas la seule vertu qui convient à leur sexe, que la nature leur impose des devoirs non moins doux, non moins essentiels à remplir, qu'elle les a destinées à être épouses & meres, qu'elles doivent veiller avec une extrême attention sur elles-mêmes, puisque souvent une seule imprudence dégrade le caractère le plus heureux, & entraîne presque malgré soi dans le vice & dans le deshonneur.

PRÉFACE
DE L'AUTEUR.

LA parole eſt l'organe de la penſée. Un Livre n'étant qu'une ſuite de paroles rendues ſenſibles à l'œil, doit être la fidele expreſſion des ſentiments de l'Auteur. — Que l'homme qui ſe propoſe d'écrire, examine ſi ce qu'il penſe vaut la peine d'être dit, rien de mieux ; mais qu'il admette, ou rejette les idées dominantes de ſon ſiècle, qu'importe, s'il reſpecte les principes immuables de la vérité & de la religion. Ne rencontre-t-on pas tous les jours dans la société des gens qui n'ont ni les mêmes goûts, ni les mêmes sentiments qu'on a soi-même? on les écoute avec ennui, ou avec intérêt, mais toujours avec indulgence.

Le besoin d'écrire naît du vuide de l'ame. Le vrai sage cause volontiers de ses opinions, mais il n'écrit point. L'homme emporté par une passion violente n'écrit point non plus. Ainsi l'extrême sagesse & l'extrême folie opèrent à-peu-près sur nous des effets pareils, & nous concentrent également au-dedans de nous.

L'homme qui vit dans la solitude, pensant plus, & agissant moins, éprouve à un certain âge le beſoin d'écrire. Comme il n'a autour de lui perſonne à qui il puiſſe communiquer ſes ſentimens & ſes idées, il les confie au papier. C'eſt un ami fidele, toujours prêt à le ſoulager du pénible fardeau de penſer ſeul. N'ayant point de ſociété qui l'intéreſſe, il s'en fait une de ſes écrits; ne pouvant cauſer avec ſon voiſin, il parle à l'homme de tous les pays; mais ne voulant ni briller ni jouer un rôle, il n'écrit point pour la multitude, il écrit pour ceux qui penſent comme lui, quelque part qu'ils ſoient, parmi ſes contemporains, ou dans la poſtérité. S'il n'eſt pas de ſon ſiècle, il s'en conſole. Il ſait que les ſiècles ainſi que les hommes ſe ſuccèdent rapidement : ce ſont des amis qu'il cherche & non des admirateurs.

TABLE

DES CHAPITRES.

CHAP. I. *Où l'on fait connoissance avec un Misantrope.* 1

CHAP. II. *Dans le fond c'est un bon homme.* 7

CHAP. III. *Et le peuple aussi a une physionomie.* 19

CHAP. IV. *Le déjeûné.* 25

CHAP. V. *Avis aux Femmes qui veulent prendre un Amant, & aux Filles qui veulent prendre un Mari.* 30

CHAP. VI. *L'amour est un sentiment moral.* 36

CHAP. VII. *Préjugés de l'enfance. Danger de la lecture des Romans.* 41

CHAP. VIII. *Qu'il faut lire avec attention.* 54

CHAP. IX. *Origine des droits d'un Mari sur sa Femme.* 59

CHAP. X. *Pourquoi les ſemmes de l'Europe ſont libres, & celles de l'Aſie eſclaves.* 64

CHAP. XI. *Tout le monde n'en conviendra pas.* 69

CHAP. XII. *Rarement un Miſantrope eſt galant.* 77

CHAP. XIII. *Qui ne plaira pas également à tout le monde.* 80

CHAP. XIV. *Mon ami ſe jette dans des diſcuſſions politiques & religieuſes.* 84

CHAP. XV. *Suite du précédent.* 90

CHAP. XVI. *Le conſeil eſt bon, mais ſera-t-il ſuivi ?* 93

CHAP. XVII. *Mon ami déraiſonne.* 98

CHAP. XVIII. *J'entre en matière.* 108

CHAP. XIX. *Des ſimples jeux de ſon enfance, heureux qui ſe ſouvient long-temps.* 111

CHAP. XX. *Digreſſion. Souvenirs.* 118

CHAP. XXI. *La Viſite.* 129

Errata de la première Partie.

Page 50, *ligne* 4, qu'il veut; *lisez*: qui le veut.

Page 82, *ligne* 13, l femme; *lisez*: la femme.

Page 94, *ligne* 1re, la soustait; *lisez*: la soustrait.

Page 107, *ligne*, je me nontentai; *lisez*: je me contentai.

Page 123, *ligne* 26, & en faisant; *lisez*: & me faisant.

DE LA FEMME CONSIDÉRÉE DANS L'ORDRE SOCIAL ET DANS L'ORDRE DE LA NATURE.

CHAPITRE PREMIER.

Où l'on fait connoiſſance avec un Miſantrope.

MONSIEUR de Saint-Flour eſt un peu cauſtique ; mais c'eſt toujours le vice & jamais l'homme qu'il attaque. Il ſe fâche tout de bon, lorſqu'on vient à parler des nombreux abus qui règnent dans la ſociété. Sobre par haine pour l'intempérance, réglé dans ſa conduite par horreur pour la débauche, il adore les femmes, & ne hait pas les plaisirs de la table.

Les funestes effets du luxe, cette foule de maux qu'il traîne à sa suite, lui font regretter l'ancienne simplicité de nos peres. Aussi, quoique mis proprement, est-il très-simple dans ses habits. Il a encore une autre raison, il veut que l'on juge de lui par lui-même. Aimant à se rencontrer avec des gens de toute sorte d'états, il craint que son extérieur n'en impose. Il sait qu'un bel habit inspire pour celui qui le porte un respect involontaire, tandis qu'un habit modeste met tout le monde à son aise.

M. de Saint-Flour n'est pas dévot; mais très-attaché à sa religion, il la pratique avec exactitude, & la prêche aux autres de bonne foi.

Il a même, à ce sujet, des idées fort singulières; Dieu, dit-il, en me plaçant dans tel pays plutôt que dans tel autre, a voulu m'assujettir de préférence à telle loi & à telle religion. Cette loi & cette religion deviennent donc pour moi la base du juste & de l'injuste relatif; par conséquent la règle de ce que je dois faire & de ce que je puis vouloir. Peu m'importent l'origine & la nature de cette religion ; il me suffit qu'elle s'accorde avec le sentiment du juste absolu, & que les devoirs qu'elle me prescrit conviennent à ma qualité d'homme. Qu'elle ait pour base des mystères au-dessus de ma raison ; qu'est-ce que cela me fait ? Suis-je obligé de comprendre ces mystères ? si, comme je n'en saurois douter, Dieu, en me créant, s'est proposé une fin, cette fin tient à mon existence morale, par conséquent à la loi & à la religion de mon pays. Qui peut sonder les voies de l'éternelle sagesse ? Ce qu'il y a de certain, c'est que Dieu m'a déclaré d'une maniere positive ses vues sur moi. Quand même il seroit faux que, par une révélation particulière, il eût parlé à tous les hommes, il m'a parlé à moi, j'en suis sûr ; les loix & la religion de mon pays sont des voix qui m'annoncent ses ordres, & m'instruisent de sa volonté.

Mon ami n'est pas toujours dans ces dispositions favorables. Par exemple, lorsqu'il entend raisonner les Prêtres, qu'il compare ce qu'ils disent à ce qu'ils font, qu'il voit l'empressement odieux avec lequel ils allument les bûchers ; soufflent de toutes parts le fanatisme sans jamais le partager, le sentiment amer de tant de maux se répand jusques sur la religion, prétexte bannal dont ces hommes avides s'autorisent.

Mais ces abus infâmes du plus saint des devoirs prennent leur source dans le cœur de l'homme social, & non dans la religion. Que fait M. de St.-Flour ? il a recours à l'évangile, en lit deux ou trois chapitres, & tout ce violent courroux se calme comme par enchantement ; revenu alors à lui-même, il bénit le grand Dieu, loue Jésus du bien qu'il a voulu faire, & ne lui impute point les maux qui en ont résulté : cela ne l'empêche pas, lorsqu'il rencontre quelque dévot atrabilaire, un évêque insolent, un abbé séducteur, de faire une vilaine grimace. Il sort à l'instant même de la maison où il se trouve : car il a une antipathie invincible pour les sots & pour les fripons.

M. de Saint-Flour préfère néanmoins la religion & ses abus, à cette philosophie délirante, ennemie de tout bien, qui, sapant par leurs bases les vertus sociales, & ôtant à l'homme le seul frein capable de le retenir, le livre pieds & mains liés à toute la corruption qu'enfante la société. Il voit, avec peine, que des hommes qui ont sans cesse à la bouche les mots d'humanité, de justice, de bienfaisance, de vertu, se fassent ouvertement les Apôtres d'une doctrine destructive de toute humanité, & de toute vertu. Ils ne peuvent, selon lui, excuser cette conduite, ni motiver cet acharnement anti-religieux. Ce n'est pas pour favoriser leurs propres passions qu'ils répandent ces pernicieuses maximes, c'est pour favoriser des passions étrangères. S'ils ont besoin d'être athées, à la bonne-heure, qu'ils le soient; mais qu'ils respectent la croyance de la nation.

La corruption générale a rendu M. de Saint-Flour vertueux; il trouve le vice si laid dans les autres qu'il ne peut le souffrir en lui. Je suis persuadé que, nouvel Hercule, il iroit volontiers courant le monde, & exterminant le vice partout où il le rencontreroit: par malheur, nous ne sommes plus dans le tems des demi-Dieux, & ce n'est pas la mode des Chevaliers errans. M. de Saint-Flour reste donc tranquille chez lui, se contentant de faire des grimaces, quand quelque chose lui déplaît, & de secouer la tête en signe d'improbation, lorsqu'il entend débiter des sottises ; mais il se réserve le droit de combattre hautement toute maxime contraire à l'honnêteté publique, sortît-elle de la bouche d'un duc, même de celle d'une jolie femme : sur cet article, il n'entend point raison, & n'a acception de personne.

CHAPITRE II.

Dans le fond, c'est un bon Homme.

MONSIEUR de Saint-Flour & moi sommes amis dès la plus tendre enfance. Des raisons dont il doit m'instruire quelque jour, l'ont empêché jusqu'ici de songer au mariage : ce n'est pas qu'il n'estime cet état, il dit que c'est le seul où l'homme puisse être bon & heureux. Il ne voit point sans émotion une mere de famille entourée de ses enfants. Il la regarde avec une sorte de respect qui tient du culte. Quelquefois même, lorsqu'il apperçoit sur son aimable visage les traces de cette touchante modestie de son sexe, de cette sensibilité douce qui promet le bonheur, il devient sombre, pensif, une larme s'échappe de ses yeux : il sort brusquement, & va se renfermer chez lui.

Mon ami consacre un jour chaque semaine à la mémoire d'une personne qui lui fut bien chère ; il reste seul, refuse la porte à tout le monde : l'après dîné, il fort un inftant, va dans les fauxbourgs chez de pauvres journaliers, chargés d'une nombreufe famille. J'ai fu de ces bonnes gens qu'il leur faifoit du bien ; les petites filles font, fur-tout, l'objet fpécial de fa charité ; il les habille, en a toujours quatre qu'il tient en apprentiffage, & qu'il marie enfuite, dès qu'il en trouve l'occafion. Ont-elles atteint l'âge de puberté, il ne les voit plus ; mais il charge une femme de confiance d'en prendre foin & de les furveiller. La réputation d'une fille, dit-il, eft comme la glace d'un miroir ; un rien la ternit. Il ne faut pas que ma charité, pour ces pauvres enfants, foit un jour dans le cas de leur nuire.

Je ne me refuferai point le plaifir de retracer ici une fcène dont je fus témoin il y a quelque tems ; elle fera mieux connoître M. de Saint-Flour que tout ce que je pourrois en dire : c'eft une minutie, une bagatelle ; mais je me rappelle encore l'agréable impreffion qu'elle produifit alors fur moi. Il fe trouvera peut-être, parmi mes lecteurs, une ame à l'uniffon de la mienne.

J'avois paffé les fêtes de Noël à la Terre de mon ami ; il faifoit grand froid, nous étions tous les deux dans le sallon, auprès d'un bon feu, devisant & causant de choses & d'autres. Un domestique vint dire qu'un paysan demandoit à lui parler. M. de Saint-Flour ordonna qu'on le fît entrer; je vis à l'air honteux & embarrassé de cet homme qu'il sollicitoit une grace, & au mouvement des yeux de mon ami, qu'il n'étoit pas disposé à la lui accorder : Monsieur, dit le journalier, en tournant son chapeau, je travaille dans le bois; mais la terre est gelée, nous sommes obligés de cesser. = Eh bien, Thomas, dis à ma femme de charge de payer tes journées. = Monsieur, si vous vouliez m'avancer quatre boisseaux de bled, je tâcherai de les gagner. = T'avancer quatre boisseaux de bled, répondit M. de Saint-Flour, en fronçant le sourcil : non, je veux bien te faire travailler pour t'aider à vivre, quoique je n'aye nul besoin de ton ouvrage; mais ce seroit te rendre un mauvais service que de t'avancer du bled ou de l'argent; dès que tu as quelques boisseaux de bled, tu ne veux plus rien faire, tu vas aux allouettes, souvent même aux perdrix. Tu es naturellement pareſſeux ; ſi je ne t'avois pas envoyé chercher, tu ne ſerois pas venu t'offrir. — Je ne ſavois pas, Monſieur, que vous aviez de l'ouvrage. — Mauvaiſe raiſon : que j'en aye ou que je n'en aye pas, j'en trouve pour ceux qui ont beſoin de moi ; tu aimois mieux t'en aller à ta bonne aventure mandier ton pain de porte en porte, que de le gagner en travaillant. Tu ne craignois pas d'abandonner ta femme & tes enfants à la plus affreuſe miſere, tu vois que je ſais tout, il faut travailler ; je ne puis pas nourrir tout le monde, & je n'avance rien. Que t'eſt-il dû ? = Monſieur, il m'eſt dû trois livres pour ſix journées : ce n'eſt guère au prix où eſt le bled, j'ai tous les jours ſix perſonnes à nourrir. = Six perſonnes à nourrir, reprit bruſquement M. de Saint-Flour. = Oui, Monſieur, ſix perſonnes, ma femme, moi, trois enfants & ma belle-mere qui eſt infirme, & ne peut s'aider. Ah ça, repliqua mon ami d'un ton plus doux : on donne quatre fois par ſemaine du pain à tes enfants. = C'eſt bien vrai, Monſieur, grace à vous ; mais tout de même, nous avons bien de la peine à vivre.

═ Allons, va chercher ton argent, je dirai qu'on ne te laisse pas manquer d'ouvrage. Le paysan sortit. M. de Saint-Flour tomba dans une profonde rêverie.

La femme de charge arriva. ═ Pourquoi n'avez-vous pas payé ce journalier, Madame la Sare ? ═ Monsieur, il m'a dit qu'il vouloit vous parler. ═ Que puis-je faire ! Combien lui est-il dû ? ═ Trois livres, Monsieur, & le plus mauvais bled vaut cinquante-huit sols le boisseau. ═ Il faut qu'il travaille. N'y a-t-il point des fagots le long des fossés ? ═ Oui, Monsieur, il y en a. ═ Faites marché avec cet homme. Il demande que je lui avance du bled, je ne le puis ; il m'est impossible de nourrir tout le monde. ═ C'est ce que je lui ai dit, répliqua la femme de charge, Monsieur donne déjà plus de douze boisseaux de bled par semaine.

Un domestique vint avertir qu'on étoit servi : en sortant du sallon, j'apperçus à la porte de la cour une pauvre femme qui paroissoit attendre M. de Saint-Flour, mais il passa sans y faire attention.

Nous nous mîmes à table, nous ne disions mot, & nous mangions assez tristement ; chacun de nous sembloit livré à ses propres réflexions. M. de Saint-Flour me servit un morceau de bœuf au chevreuil, piqué de menu lard. — Ce ragoût est très-bon, lui dis-je : vous avez une excellente cuisiniere. — Cela n'est pas mauvais, me répondit-il d'un ton brusque ; mais il y a une foule de gens qui n'ont pas de pain. Je m'apperçus que cette triste pensée le fatiguoit. J'entendis dans le moment gratter à la porte de la salle à manger : le domestique ouvrit : c'étoit un chien couchant que mon ami aime beaucoup ; le chien courut à lui en frétillant la queue, & lui fit mille caresses. Il vint ensuite à moi, je le flattai de la main, & me tournant vers mon ami : — Voilà un beau chien. — Oui, mais cela mange autant qu'un homme : cependant à tout prendre, c'est, ainsi que l'homme, une créature de Dieu. Je ne sais pourquoi la providence me l'a adressé ; je ne chasse point, j'aime à croire que c'est afin qu'il soit heureux. Au second service, M. de Saint-Flour fit appeller une ſervante, & mettant ſur une aſſiette un morceau de bœuf rôti & deux alouettes. — Portez cela à Madame la Sare, dites-lui de venir quand elle aura dîné; vous demanderez en même-tems ſi ce journalier eſt encore ici: qu'il ne s'en aille pas ſans me parler. La ſervante revint, dit que l'homme étoit parti, mais que Madame la Sare alloit venir. M. de Saint-Flour fronça le ſourcil, ſon viſage devint encore plus ſombre; il continua cependant de manger, mais comme par diſtraction: on voyoit qu'il étoit occupé d'autre choſe. Au bout de deux minutes, à quelle heure, dit-il à ſon domeſtique, mes valets de baſſe-cour font-ils collation? — Ils ſont à la cuiſine, répondit le domeſtique. — Allez dire à Pierre que je veux lui parler. Pierre entra. — Tu ſais où demeure Thomas le journalier, (il étoit ici il n'y a qu'un moment). Voyant que le valet ouvroit de grands yeux, & avoit l'air de ne pas comprendre: c'eſt à Froſe, nigaud, proche chez ton pere. — Oh! oui, Monſieur, je ſais bien, répondit Pierre. — Va chez lui, qu'il vienne ici, j'ai quelque choſe à lui dire. — Faut-il y aller tout-à-l'heure? — Oui, tout-à-l'heure, reprit avec vivacité mon ami : Pierre sortit. Alors le visage de M. de Saint-Flour s'éclaircit peu-à-peu ; il commença de manger plus lentement, & se mit à fournir à la conversation : je lisois dans son ame, comme dans un livre écrit en gros caractère.

Nous sortîmes de table ; M. de Saint-Flour apperçut cette femme que j'avois vue avant dîné ; elle étoit encore à la porte de la cour, ses vêtemens déguenillés laissoient un libre passage à l'air. — Il fait grand froid, dit M. de Saint-Flour, en la regardant, & se resserrant les épaules, comme quelqu'un qui éprouve un frisson subit. Nous nous asśimes auprès du feu. Ne trouvez-vous pas qu'il fait grand froid, répéta-t-il, en prenant les pincettes, & raccommodant le feu ? Cette femme doit être gelée : on apporta le café. — Saint-Jean, depuis quand cette femme est-elle là ? — Elle y étoit avant dîné, Monsieur. Bon Dieu, reprit mon ami, d'un air chagrin, il y a plus de trois heures qu'elle attend ! Faites-la manger avec vous ? Pourquoi ne lui a-t-on pas dit d'entrer dans la cuisine ? elle se seroit chauffée. — Elle ne fait que d'en sortir,

Monſieur. — C'eſt donc ſon mauvais habit qui en eſt cauſe ; mais de ma vie je n'ai vu perſonne avoir ſi grand froid : n'importe, qu'on lui donne à dîner, il y a long-temps qu'elle n'a fait un bon repas. Nous prîmes le café ; mais à peine mon ami eut-il porté ſa taſſe à ſes lèvres, qu'il la poſa ſur la cheminée, & tirant de toute ſa force le cordon de la ſonnette. — N'ai-je pas oublié de dire qu'on donnât du vin à cette femme ? Les domeſtiques ne s'aviſent de rien. La bonne chere ne lui feroit que moitié profit, ſi elle ne buvoit que de l'eau à ſon repas : alors s'aſſeyant dans ſon fauteuil, il avala ſon café, & je crus m'appercevoir qu'il le trouvoit meilleur qu'à l'ordinaire.

La femme de charge entra un moment après. — Madame, lui dit mon ami, j'ai envoyé chercher Thomas, il eſt pauvre ; il a tous les jours ſix perſonnes à nourrir ; ſes journées ne ſauroient le faire vivre. Il faut l'aider : donnez-lui deux boiſſeaux de bled, il en aura autant tous les quinze jours, ſans compter l'aumône qu'on fait à ses enfants : ainsi qu'il travaille ; mais je n'avance rien ; lorsque ces gens-là me doivent quelque chose, je ne les vois plus. . . . . Ah ! Madame la Sare, pour l'amour de Dieu, tâchez d'habiller cette pauvre James : achetez de quoi lui faire un juste & des jupons : vous m'entendez ? — Oui, Monsieur. — Mon ami, en s'adressant à moi : jouons une partie de trictrac ; tu me gagnes toujours, mais nous verrons aujourd'hui.

M. de Saint-Flour a servi trente ans dans dans un régiment d'infanterie ; il n'a été que Capitaine ; malgré cela il s'estime autant que s'il avoit commandé des armées. J'ai rempli avec honneur, dit-il, le poste que l'on m'a confié : que m'importe quel il soit. M. de Saint-Flour, après avoir quitté le service, vint s'établir à B*** ; son domestique est composé d'une gouvernante de quarante-cinq ans, d'un vieux laquais qui a fait toutes ses campagnes, d'une fort bonne cuisiniere & d'un cocher. Il habite une jolie maison, & vit content de sa fortune, quoique médiocre. Je lui ai entendu souvent répéter cette maxime du ſage : *ubi multæ ſunt opes, multi ſunt qui comedunt eas* ; ce qui peut ſe traduire ainſi : où il y a beaucoup de bien, il y a beaucoup de gens qui le mangent.

Je crois que mon ami a exprès choiſi ſa gouvernante pour mettre un frein à l'humeur cauſtique, qui dépare un peu ſes bonnes qualités. Cette femme, naturellement acariâtre, de plus, médiſante & dévote, exerce journellement la patience de ſon maître ; elle affiche la vertu, ſe montre inexorable pour les foibleſſes galantes des jeunes filles ; elle s'eſt établie préſidente d'un tribunal féminin qui s'aſſemble trois fois par ſemaine ; l'été, dans la rue, ſur un banc à côté de la porte-cochère ; l'hiver, dans une ſalle baſſe, où il y a toujours bon feu, & ſouvent une collation : là, chacune rapporte ce qu'elle a vu & entendu. Toute fille qui veut s'élever au-deſſus de ſon état eſt citée à ce grave tribunal, & jugée avec la rigueur ordinaire aux femmes vieilles & laides. Malheur à celle qui s'aviſe de prendre la fontange, de porter des falbalas, de paroître avec une peliſſe ; les chuchoteries, lorſqu'elle vient à passer, les regards malins, les interprétations charitables sur les ressources qui lui servent à soutenir ce grand ton, tout est calculé : pour peu qu'on ait surpris la pauvre fille, parlant à quelque écolier de droit, ou qu'on ait vu un jeune homme fréquenter la boutique, elle est jugée sans appel, & condamnée sans miséricorde.

CHAPITRE III.

Et le peuple aussi a une physionomie.

J'ASSISTAI il y a quelques jours à un jugement de ce tribunal. La fille cadette d'un Marchand de papier passa dans le moment même que j'entrois chez mon ami. — Vous voyez, s'écria Madame la Sare, vous voyez cette belle demoiselle si leste, si pimpante, si bien coëffée, c'est la fille du bon homme Chauvet; le pauvre diable meurt de faim, depuis que les Jésuites n'ont plus le Collége; ils le faisoient vivre, & comme il étoit de la Congrégation, c'étoit lui qui fournissoit le papier pour les classes. Ah, mon Dieu! c'est bien un bon homme, sa femme est bien aussi une bonne femme; ils ne me rencontrent jamais sans me saluer. Je leur ai fait avoir la pratique de mon maître qui est savant, & qui a une belle bibliothèque. . . . . . J'ai vu leur fille Rosette, avoir pour toute braverie, les dimanches, un jupon de calemande rayée, un juste de coton bleu mouchefé, des souliers de cuir & des boucles jaunes...... Ah, dame ! c'est qu'il y a un Régiment dans la ville, son perè loge le Major : voyez aussi comme la petite mijaurée prend un air important ; elle n'auroit osé passer devant moi, sans me faire une grande révérence, sans me dire, bon jour Madame la Sare, comment vous portez-vous ? je suis ravie de vous voir. Je la conviois d'entrer dans la maison, & lui donnois quelque chose pour son goûter : car Monsieur est si bon, j'ai toute sa confiance ; jamais il ne me demande, pourquoi as-tu fait cela ? Je gouverne sa maison comme la mienne: ce n'est pas pour son mal, il s'en apperçoit bien ; je puis dire qu'il a plus de louis qu'il n'avoit d'écus ; mais ce n'est pas de cela dont il s'agit. A présent que Mademoiselle est bien mise, qu'elle a de belles jupes, de beaux justes, de belles cornettes, de beaux bas de coton, de belles boucles d'argent, elle se contente de me faire un léger salut ; elle a raison, elle a raison, je n'aime pas ces créatures qui, parce qu'elles ont le teint blanc & un petit minois chiffonné, s'imaginent être si fort au-dessus des autres que c'est pitié. — Ma voisine, répondit une des commères, comment le bon homme Chauvet souffre-t-il cela? il faudroit l'avertir. — Cet homme, reprit Madame la Sare, a toujours été sur sa bouche. Le Major se fait apporter à manger, tout le monde en profite.

La gouvernante avoit à peine cessé de parler, que nous vîmes revenir Rosette avec une femme d'un certain âge & un jeune homme, dont la mise annonçoit un ouvrier; elle s'approcha de Madame la Sare, & la saluant d'une maniere polie, lui demanda des nouvelles de sa santé. — Je me porte bien, répondit sèchement la gouvernante, regardant Rosette d'un air malin: mon Dieu, que vous êtes brave, Mademoiselle! où allez-vous donc si bien parée? est-ce à la noce? Apparemment, c'est ce qui vous rend si fiere, que vous passez devant les gens sans leur parler. — Je vous demande pardon, reprit Rosette un peu déconcertée, je ne pouvois m'arrêter. Madame Limosin m'avoit donné rendez-vous à trois heures précises, nous allons à la bénédiction, & de-là nous promener sur le rempart. — Vraiment, reprit Madame la Sare, d'un ton aigre, en parcourant de l'œil l'ajustement de Rosette, il n'y a pas grand mal à cela; quand on est aussi bien mise, il ne sied pas de s'amuser avec une domestique. Que sait-on, si les Messieurs qui vous donnent ces beaux atours vous voyoient avec moi, ils ne voudroient peut-être plus de vous : mais qu'y faire ? chacun est ce qu'il est, & puis l'honneur est quelque chose. L'aimable visage de Rosette se couvrit du plus pur incarnat; ses larmes étoient prêtes à couler, le jeune homme étoit d'un rouge cramoisi, Madame Limosin, tout étonnée, ouvroit de grands yeux & nous regardoit l'un après l'autre.

Je crus devoir terminer une conversation aussi désagréable....... La physionomie douce & modeste de cette fille m'avoit prévenu en sa faveur. Je m'avançai, & m'adressant à la gouvernante : — Mademoiselle, dis-je, a le cœur trop bon pour oublier ses amis; vous, Madame la Sarre, vos reproches partent d'un excellent motif: c'est votre amitié pour cette jeune personne, qui vous fait si vivement ressentir ce que vous croyez un oubli de sa part ; mais je serois garant qu'elle est incapable de manquer à ses amis & de se manquer à elle-même. — Je le crois, je le crois, reprit Madame la Sare, Mademoiselle est si changée depuis quelque temps. — Ici, j'interrompis la gouvernante ; prétextant une affaire, je la forçai de me suivre.....Rosette leva sur moi des yeux timides & reconnoissants, me fit une profonde révérence, & nous quitta.

J'entrai chez M. de Saint-Flour, bien résolu d'éclairer la conduite de cette jolie fille, & de prévenir l'atteinte que le caquet de ces commères alloit porter à sa réputation.

Madame la Sare est chargée de tous les détails de la maison de mon ami ; elle s'acquitte avec zèle de cet emploi, maintient un ordre exact dans son domestique. La cuisiniere & les laquais la craignent plus que leur maître ; elle n'a jamais voulu permettre à la cuisiniere d'apprendre à lire ; cela, dit-elle très-sagement, parce qu'une femme a assez de quoi dire, sans apprendre à parler ; elle n'est cependant pas aussi sévère pour les hommes, elle les excuse volontiers. Les jeunes gens sur-tout, lui paroissent mériter beaucoup d'indulgence ; elle se plaît à causer avec eux, dit qu'ils sont gais & qu'elle aime à rire ; elle est sensible aux honnêtetés qu'ils lui font, ne manque jamais de les leur rendre, les exhorte à être sages, rangés, à éviter l'accointance des filles débauchées, elles perdent la jeunesse. Si la police se faisoit exactement, elle en connoît plusieurs qui font les aimables, & se pavannent dans les rues, lesquelles, au lieu de scandaliser le public, & de corrompre les jeunes gens, seroient bien & duement renfermées aux Repenties.

CHAPITRE IV.

Le Déjeûné.

Je vais quelquefois déjeûner avec mon ami ; il aime à se lever matin. L'homme, dit-il, crie sans cesse que la vie est trop courte, & il en passe la moitié dans son lit : en se couchant tous les jours à dix heures, & se levant à cinq, on gagne trois heures sur douze, ce qui fait un cinquième, & donne sur cent ansde vie vingt années d'existence de plus.

Le déjeûner est composé de thé, de beurre, de vin, de fromage. Il y a toujours quelques Journaux sur la table à thé : une des manies de M. de Saint-Flour est de lire, en mangeant. J'allai hier, selon ma coutume, lui demander à déjeûner; il tenoit une brochure & faisoit, en la lisant, mille grimaces, toutes plus ridicules les unes que les autres : à peine m'apperçut-il, que sans me donner le temps de m'informer de sa santé : — Vous venez fort à propos, j'avois besoin de parler. Le livre que vous voyez, en me montrant l'Essai sur les Femmes, de M. Thomas, a réveillé une foule d'idées qui, sans vous, alloient se perdre dans l'immensité de celles qui existent déjà dans ma tête. Vous en profiterez, si bon vous semble : ce qui a rapport aux femmes vous intéresse beaucoup plus que moi.

Je ne parle point du mérite littéraire de l'ouvrage de M. Thomas : c'est dans le fond ce qui m'importe le moins. J'ai souvent tiré beaucoup de profit, & même d'amusement d'un livre très-mal fait selon les connoisseurs, tandis qu'une foule de livres parfaitement écrits ne m'ont rien offert qui fût digne de l'attention d'un homme sage. Mon ami, ajouta M. de Saint-Flour, en poussant un profond soupir & me versant une tasse de thé, les femmes ne sont nulle part ce qu'elles devroient être. On dispute sur la place qui leur convient le mieux dans l'ordre social, & l'on a sous les yeux celle que la nature leur a vraiment assignée. N'est-il pas vrai que chez toutes les Nations du monde les femmes sont les mêmes parmi ce qu'on appelle le peuple ? qu'elles y ſont aſſujetties aux mêmes devoirs ? qu'elles y ont le même caractère générique, la même tâche à remplir, le même eſprit ? Il ſemble que nos galans Philoſophes ſe ferment les yeux pour s'empêcher de voir ce que la nature & la providence ont voulu que la femme fût : écartons loin de nous ces plats ſophiſmes d'une troupe d'Auteurs vils, gagiſtes de ce ſexe ; & cherchons la vérité.

Je vois, pourſuivit M. de Saint-Flour après un moment de ſilence, que la femme eſt uniquement faite pour l'homme ; ſa forme organique n'eſt qu'un ſupplément à la forme organique de l'homme, une extenſion de ſes organes qui les double & lui donne ainſi la faculté de ſe reproduire. Je dirai plus : ce n'eſt point dans la différence de l'organiſation des deux ſexes qu'il faut chercher le principe de cette différence que l'obſervateur le moins éclairé apperçoit dans leurs facultés reſpectives : c'eſt dans la nature même de la femme, qui n'eſt pas celle de l'homme. . . . Mon cher, en me ſerrant la main pour mieux imprimer en moi ſon idée, ce ne ſont point les facultés de l'ame, qui dans l'animal ſont relatives à l'organiſation, c'eſt l'organiſation qui eſt relative aux facultés de l'ame ; en ſorte qu'il exiſte, entre les êtres, la même chaîne aſcendante & deſcendante qui exiſte entre les différentes formes dont ils ſont revêtus.

Ce n'eſt donc point parce que la femme n'a pas les organes d'un homme, qu'elle eſt au moral & au phyſique ce que nous la voyons ; c'eſt parce qu'elle n'eſt pas un homme, mais une femme. Cette vérité, je le ſais, révolte l'amour-propre de la femme ; elle rejette ſon infériorité ſur ſon organiſation. Quelques-unes même, voulant ſe rapprocher encore plus de nous, s'en prennent à la maniere dont on les éleve : tout cela eſt très-bon à débiter à la toilette d'une jolie femme. Je paſſe encore ce langage baſſement adulateur à ces hommes frivoles qui, pour jouer un rôle auprès des femmes, exagerent le pouvoir de leurs charmes, la force de leur eſprit, les flattant de la maniere la plus inſultante & s'efforçant de leur ôter le joug d'une dépendance salutaire, dans l'espoir qu'alors, livrées à elles-mêmes, elles feront quelques sottises dont ils pourront profiter : mais quand il s'agit de la vraie philosophie, continua mon ami, en prenant un air plus composé, il ne faut pas s'arrêter aux propos de quelques prétendus sages qui ne sont que de grands enfants.

CHAPITRE V.

Avis aux Femmes qui veulent prendre un Amant, & aux Filles qui veulent prendre un Mari.

LA Femme ne voit dans les objets que les rapports phyſiques du moment. Si quelquefois elle enviſage des rapports moraux & intellectuels, c'eſt toujours en tant qu'ils concernent ſon ſexe. Elle ne ſe trompe jamais ſur ce qui lui convient comme femme. Dans l'économie domeſtique, elle dédaigne les avantages éloignés & de pure ſpéculation, pour ne s'occuper que des avantages préſents, & dont il réſulte un profit qu'elle apperçoit. Dans la ſociété, elle cherche moins à donner bonne opinion de ſon ame que de ſa forme ; dans ſa parure, moins à toucher le cœur qu'à remuer les ſens ; c'eſt le ſeul but qu'elle ſe propoſe, le ſeul effet qu'elle veuille produire. A-t-elle tort ? non, mon ami, la nature parle ; elle l'écoute, & fait bien.

Le femme sent que, de tous ses rapports avec l'homme, celui du sexe l'intéresse le plus. En effet, c'est dans l'état de nature le seul qui lui importe ; mais comme elle n'envisage, la plupart du temps, les objets que par leur convenance physique, il arrive qu'elle se regarde, quoique dans l'ordre social, comme si elle étoit encore dans l'ordre de la nature, & quoiqu'être moral, comme si elle n'étoit que femme : en cela, elle fait mal. Aussi, voyons-nous la femme renoncer aux convenances qu'exigent sa qualité d'être raisonnable & la place qu'elle occupe dans la société, pour écouter les rapports que lui donne la nature : rapports qui, la dépouillant de la partie la plus noble d'elle-même & lui enlevant les avantages de l'esprit, du rang, de la fortune, la mettent au-dessous de l'homme le plus méprisable. La femme ne se considérant plus alors que par le sexe, rentre dans l'ordre de la nature ; quelque supériorité qu'elle ait d'ailleurs, elle la perd à l'instant.

C'est ainsi que les jeunes filles, maîtresses d'elles-mêmes, font & feront toujours de mauvais mariages. Les veuves font encore pire ; elles ne font pas même entraînées dans leur choix par l'illusion des formes. En général, vous verrez les femmes préférer un fat à un honnête homme, un libertin à un amant qui a des mœurs. Elles se trouvent plus à leur aise avec de telles gens ; n'ayant point à justifier à leurs yeux le poids importun de l'estime d'elles-mêmes, elles se livrent sans rougir à toute la mobilité de leurs goûts. Cette préférence, de la part des femmes, tient dans la nature aux convenances sexuelles qu'elles imaginent sous un rapport plus intéressant, & dans le moral, à ce sentiment inné par lequel chacun recherche ce qui a le plus d'identité avec lui.

Les femmes, quoi qu'elles disent, aiment mieux exciter le désir que l'amour. Le désir satisfait peut renaître ; l'amour, une fois passé, ne revient plus. Le désir tient aux rapports organiques des sexes : ces rapports subsistant tels qu'on les voit, le désir a un but qu'il atteint nécessairement : aussi, toute jouissance qui offre à l'amant les rapports sexuels imaginés, loin d'éteindre le désir, ne fait que l'enflammer davantage.

L'amour tient à des convenances

morales ; les ames ne se voient point, elles se devinent ; elles ne savent pas ce qu'elles sont l'une à l'autre, elles le supposent. La jouissance ne les unit pas, elle leur fournit les moyens de s'unir. L'amant & la maîtresse, séduits par ce qu'ils apperçoivent, croient bonnement que c'est l'indice de la convenance des ames ; mais à peine se sont-ils vus de plus près, qu'ils ne peuvent plus se faire illusion ; comme leur but n'étoit pas les rapports physiques réellement existant entr'eux, mais les rapports moraux qu'ils avoient cru y appercevoir ; que c'étoit sur la convenance imaginée des ames, & non pas sur la convenance réelle des organes qu'étoit fondé le désir, la possession du sexe ne peut les dédommager de la possession des êtres, possession qu'ils n'ont pas eue, êtres qu'ils n'ont pas trouvés tels qu'ils les voyoient dans leur insensé délire.

De là, ce dégoût après la jouissance, cette froideur pour ce qu'on a le plus vivement désiré, ce mépris qui succède à la plus forte estime. Par une bizarrerie inconcevable, la femme la plus tendrement aimée, quoique charmante dans sa forme, & parfaite dans le rapport des sexes, n'inspire même pas les désirs relatifs à l'union qui en dépend.

L'illusion détruite, loin de revenir à cette femme, on ira plutôt s'adresser à quelqu'autre moins belle, moins aimable, mais que l'on n'envisage en ce moment que dans le rapport des sexes, & dont la possession ne fait point imaginer d'autre union que celle des organes : au lieu que, cette premiere femme s'étant montrée à nous sous un jour où nous ne pouvons plus la voir, l'attente d'une jouissance plus délicieuse nous a dégoûtés de celle que nous avons rencontrée.

Voilà pourquoi les mariages d'inclination réussissent si rarement : la plupart de ces mariages sont uniquement fondés sur la convenance des organes : or, ce motif ne peut engager l'homme & la femme à s'unir d'une union physique, morale & sociale, telle qu'est, dans l'ordre actuel, l'union de deux époux, qu'autant qu'il est impossible à tel homme de posséder telle femme sans l'épouser ; & à telle femme de posséder tel homme sans se donner à lui pour la vie, elle & tous les avantages qu'elle tient de la ſociété. Dans l'un & l'autre cas, c'eſt payer trop cher une jouiſſance paſſagère, & trop s'arrêter à un rapport le moins important de tous.

Le mariage unit moins les corps que les perſonnes. Deux époux ſont du même ſexe pendant la plus grande partie de leur vie. C'eſt donc ſur les convenances morales & intellectuelles que la nature a miſes entr'eux, & ſur les convenances civiles & religieuſes que leur donnent la loi & la religion, qu'eſt fondé le bonheur dont ils peuvent jouir. Tout mariage où il manquera quelques-unes de ces convenances ne ſera point heureux : celui où il en manquera le plus ſera néceſſairement le plus miſérable.

CHAPITRE VI.

L'Amour est un sentiment moral.

Le véritable amour ne peut s'allier avec le vice & la bassesse; cette image sacrée du beau, du bon, du vrai, seule capable de produire en nous cet enthousiasme généreux qui élève l'homme au-dessus de lui-même, n'existe que dans une ame pure, noble, ornée de toutes les vertus. De quelques perfections intellectuelles & morales qu'une femme soit décorée, le libertin ne voit en elle qu'un être physique & des rapports sexuels.

Malheureusement, l'amour tient plus à des convenances imaginées qu'à des convenances réelles. On revêt celle qu'on aime des qualités les plus brillantes & les plus aimables. Tout ce qu'on apperçoit, tout ce qu'on imagine est conforme à l'idée du vrai beau; on étend cette idée à la personne; on identifie l'ame avec les organes; on la pare de ses propres vertus; on la voit sous cette décevante image qu'offrent les traits extérieurs ; la convenance des organes étant parfaite, on ſuppoſe la même convenance entre les ames. De-là ces mouvemens impétueux qui nous tirent en quelque ſorte hors de nous-mêmes, pour nous faire vivre dans un moi étranger. De-là, ce beſoin d'être aimé plutôt que de jouir, ce refus de toute jouiſſance que le cœur déſavoue, cette fureur jalouſe qui fait que poſſédant tout, on ne poſsède rien, que jouiſſant de tout, on ne jouit de rien, que le bonheur de l'amant ne dépend plus du phyſique, mais du moral de l'amante : en ſorte que d'un mot, d'un geſte, d'un regard, elle peut empoiſonner tous ſes plaiſirs.

Les femmes redoutent & fuient ces paſſions excluſives & tumultueuſes. Ce qu'elles inſpirent alors leur eſt étranger; leurs déſirs ſatisfaits, tant d'amour les embarraſſe.

Si la femme s'attache par les faveurs, c'eſt l'effet d'un ſentiment factice de honte né de l'ordre ſocial. La femme veut jouir, & en même-temps être eſtimée; elle craint de ſe livrer à un nouvel amant, ſe réſerve encore pour l'ancien;

long-tems même après avoir cessé intérieurement de lui être fidèle.

La femme est naturellement plus inconstante que l'homme, car n'ayant pas les mêmes besoins, c'est l'impression du moment qui la décide. Dans l'ordre de la nature, elle ne céde qu'autant qu'on lui fait naître l'envie de céder ; mais alors, le désir, toujours indice du besoin, cesse aussi-tôt que celui-ci est satisfait. Il n'en est pas ainsi dans l'ordre social ; telle femme couche toutes les nuits avec son mari, & n'en est pas moins disposée à se rendre au permier homme qui lui fera imaginer le plaisir.

L'amour qu'une femme inspire flatte sa vanité ; mais il touche rarement son cœur. La bonne opinion que nous donne d'elle ce sentiment religieux ; le dégré d'élévation où il la place, l'estime qu'il suppose, le respect, la vénération qu'il imprime, la mettent mal à son aise. Elle redoute l'homme qui l'aime ainsi, & craint toujours de décheoir à ses yeux. Quand même cet homme lui inspireroit personnellement des désirs, ses prétentions, comme amant, la rendroient défiante, incertaine, & l'empêcheroient de lui rien accorder, car elle sent qu'elle n'est pas ce qu'il croit.

Je me trouvai, il y a quelques années, à la campagne, avec une jeune fille qui me plaisoit, sans que j'en fusse cependant amoureux. L'espèce d'intérêt que je prenois à elle tendoit même plus à lui être utile qu'à la ménager pour mes plaisirs. Tout en lui disant des choses honnêtes & presque tendres, je lui donnois de bons avis pour la circonstance critique où elle se trouvoit. La maîtresse de la maison se couchoit de très-bonne heure. J'allai le premier soir conduire ma jeune amie dans sa chambre. Il étoit à peine dix heures; je m'assis auprès du feu, & nous restâmes tête-à-tête, causant ensemble de la meilleure intelligence du monde, sans qu'il me vint à l'esprit de profiter de ce que l'occasion avoit de séduisant; le second soir, je reconduisis encore Mlle Thérèse; mais une certaine timidité qui m'est naturelle, & qui, j'ose le dire, est inséparable de tout sentiment honnête, me faisant craindre de la gêner, je lui demandai la permission de rester: non, me dit-elle, il faut se coucher. Je me retirai sans insister davantage, & me mis à réfléchir sur ce qui me parut un caprice de la part de cette jeune personne. M'étant trouvé le lendemain à table, à côté d'elle : pourquoi, lui dis-je, me renvoyâtes-vous hier si rudement ? C'est, me répondit-elle avec une charmante franchise, parce que vous me demandâtes à rester, je craignis de vous donner mauvaise opinion de moi.

CHAPITRE VII.

Préjugés de l'Enfance. Danger de la lecture des Romans.

J'AI souvent cherché en moi-même le principe de cette timidité auprès des femmes, dont je vous parlois tout à-l'heure; j'ai cru le trouver dans les premières impressions de mon enfance. Vous savez, mon ami, que j'ai passé une partie de ma jeunesse au Château de..... J'avois perdu mon pere; ma mere s'étoit retirée chez ses parents, ma grand'mere vivoit seule. A l'exception de quelques gentilshommes du voisinage, nous ne voyions presque personne : ce n'est pas qu'elle n'aimât la société, mais le pays fournissoit peu de monde. Mon pere & ma mere, quoique tous les deux aimables & pleins d'esprit, n'avoient point dans le caractère cette conformité morale, qui seule peut faire du mariage un état de bonheur : c'est par l'identité des êtres qu'on s'aime. Que sont pour nous des qualités, des vertus qui n'ont aucune convenance, aucun rapport à notre manière de vivre & de ſentir ? Il eſt des ames dévorées du beſoin d'aimer & d'être aimées ; leur deſtin dépend des ſentimens qu'elles inſpirent ; pour elles, vivre n'eſt rien ; aimer & être aimée eſt tout. Ma mere, devenue veuve, ſe donna entiérement à mon éducation, c'étoit l'ame la plus aimante, le cœur le plus pur : tout en elle, juſqu'à la vertu, étoit un ſentiment.

Ses leçons n'avoient point la ſéchereſſe ni l'aridité qu'ont la plupart de celles que l'on donne à la jeuneſſe. C'étoient moins des préceptes dont elle cherchoit à éclairer ma raiſon, que des ſentimens qu'elle s'efforçoit de faire paſſer dans mon cœur. La morale prenoit de la vie.

On lit beaucoup de Romans à la campagne, non qu'on s'y trouve plus malheureux qu'ailleurs, ou qu'on s'y ennuie davantage ; mais l'ame s'exerçant moins ſur les objets ſenſibles conſerve plus de goût pour les objets moraux. Les doux loiſirs de la vie champêtre, la vue de la nature dans toute ſa beauté, l'image du vrai bonheur de l'homme, de ſa deſtination primitive ; tout a ſur nous une influence plus marquée ; l'eſprit eſt plus calme, on eſt plus ſoi, on a plus beſoin de ſentimens que de plaiſirs ; au défaut d'intérêts propres à l'exiſtence organique, on s'en fait qui tiennent à l'exiſtence morale ; au défaut d'une ſociété réelle, on s'en crée une imaginaire, on la trouve toute formée dans les Romans ; il eſt rare, en effet, que chacun n'y rencontre pas un perſonnage qui lui convienne. C'eſt ainſi que, rejettant loin de ſoi les illuſions groſſieres que font les organes, on vit de ſa propre vie, on jouit de ſoi-même, on trouve dans ſes innocentes & délicieuſes rêveries un charme, des plaiſirs qu'on ne trouve point dans les objets matériels des ſenſations phyſiques.

La lecture des Romans me donna dès l'âge le plus tendre l'idée du beau moral. Ma famille avoit des mœurs ; les livres de ce genre qu'on ſe permettoit de lire offroient toujours le tableau des vertus de l'homme, & n'offroient jamais celui de ſes vices. Nous fîmes longtemps, ma ſœur & moi, nos délices des Aventures de Roſe & de Blanche-Fleur, eſpece de Roman dévot dont la ſcène eſt en Eſpagne. Au reſte, cette lecture s'allioit très-bien chez ma grand'mere, avec celle des livres de piété; le matin, la Vie des Saints de Baillet, l'Année Chrétienne de M. le Tourneur; le soir, Cléveland, l'Homme de Qualité, la Princesse de Cléves. Cette excellente femme concilioit ainsi le goût du plaisir avec le goût de la dévotion; elle ne manquoit point de faire tous les jours la priere en commun, ni d'entendre la messe; extrêmement charitable, elle composoit des onguents, distiloit des cordiaux, préparoit des médecines, assistoit les pauvres dans leurs maladies, les consoloit dans leur peines : ce qui n'empêchoit pas qu'elle n'aimât les plaisirs honnêtes; elle cherchoit même à rassembler chez elle une nombreuse compagnie, & se prêtoit de bonne grace à tout ce qui pouvoit contribuer à l'amusement d'une jeunesse folâtre.

Je ne puis mieux comparer ma grand'mere qu'à ces femmes dont parle Madame Sévigné : les Coulanges, les de Vins, la bonne Marbeuf; car dans ce siecle heureux les femmes conservoient encore le caractere aimable de leur sexe, & la dévotion, ainsi que l'amour, est en elles un besoin du cœur.

Si la lecture des Romans a quelques inconvénients pour les jeunes personnes, c'est par l'image de perfection que ces livres leur présentent. Les Romans tirent l'homme de ce monde réel, pour le transporter dans un monde idéal où tout est conforme au vrai beau & au vrai bon. Il prend ainsi de fausses idées des choses, devient très-propre à habiter ce monde idéal où tout est à sa place; mais il est peu fait pour ce monde-ci où l'intérêt personnel, fomenté par l'ordre social, déplace tout & confond tout. Rebuté des gens qu'il voit par ceux qu'il imagine, rien de ce qui se fait, de ce qui se dit ne lui convient, personne n'est à son unisson. Il court sans cesse après la sensation du beau, du bon, du vrai, dont il a l'image presente; il embrasse tout avec ardeur, l'instant d'après il le rejette avec mépris; il voudroit trouver dans les objets une jouissance qu'ils ne peuvent donner; il ne songe pas que ce qu'il poursuit est au dedans de lui-même, que rien de pareil n'existe ici bas.

J'appris dans les Romans à respecter les femmes, à en faire l'objet des sentiments les plus honnêtes, à ne pas les ſuppoſer capables d'une foibleſſe. Cette idée ſinguliere & bizarre a beaucoup influé ſur le reſte de ma vie, quoique convaincu de mon erreur par l'expérience & par le raiſonnement, je n'ai jamais pu me défaire d'une certaine timidité auprès de ce ſexe. Tandis que la ſeule préſence d'une femme ſuffiſoit pour me brûler de tous les feux de l'amour, qu'un coup d'œil jetté furtivement ſur elle portoit le trouble dans mes ſens, une crainte involontaire contraignoit mes yeux, enchaînoit ma langue, arrêtoit tous mes tranſports. Je n'oſois ni parler ni agir; un regard de la fiere beauté m'en impoſoit, je ne voyois plus qu'un être d'une nature ſupérieure, que mes téméraires déſirs, ne pouvoient qu'offenſer. Comment me ſeroit-il venu à l'eſprit qu'on les partageât? Je n'avois pas encore ſoupçonné que les femmes, en cédant, cédaſſent à leur propres déſirs; je les croyois bien ſuſceptibles des plus tendres ſentimens de l'amour, mais non pas de ſes foibleſſes; dans mon inſenſé délire, je leur donnois un cœur, & point de ſens.

On conçoit aiſément combien, avec une pareille façon de penſer, j'ai été la dupe des femmes : mais j'y ai plus gagné que je n'y ai perdu. J'ai trouvé dans leur ſociété un intérêt beaucoup plus vif que celui que peuvent y mettre les rapports ordinaires des ſexes & les plaiſirs dont ils ſont la ſource. Je parois les femmes de mes propres vertus, je leur donnois mon ame, je ne leur empruntois que la forme ſous laquelle je devenois l'objet de mon amour : illuſion vaine, mais illuſion précieuſe qui, me montrant dans celle que j'aimois l'image enchantereſſe des vertus que je portois au fond de mon cœur, & me la montrant revêtue de tous les charmes du beau ſenſible, m'y attachoit encore davantage.

Cette idée du beau moral étoit fortement empreinte au dedans de moi; tout ce qui ſembloit y avoir le moindre rapport m'enflammoit d'un véritable amour. Les Mémoires de Joinville, & la Vie de Saint-Louis, par l'Abbé de Choiſy, me donnèrent pour ce bon Roi un attachement dont on ne peut concevoir l'idée. Je ne penſois qu'à lui ; je me figurois vivre de ſon temps, être ſon ſujet ; je le ſuivois dans ſon expédition de la Terre-Sainte ; je combatrois à ſes côtés, je partageois ſes malheurs ; je créois les circonſtances les plus critiques ; & là je faiſois pour lui tout ce qu'un homme peut faire pour un autre homme.

La lecture de l'Hiſtoire Ancienne produiſit à-peu-près ſur moi les mêmes effets. Les Héros de l'antiquité reprirent une nouvelle vie : je les voyois, je les entendois, je vivois avec eux. Quatre années paſſées à .... renforcerent ces premières impreſſions de mon enfance. Je reviens avec plaiſir ſur ces jours heureux ; tel un voyageur, au milieu des triſtes déſerts de l'Arabie, jette un œil de regret ſur les campagnes fertiles de l'Aſie mineure & ſe rappelle en ſoupirant ſes clairs ruiſſeaux, ſes frais ombrages : ainſi je me promène par d'agréables rêveries dans le parc de..... j'y joue avec mes camarades, & je redeviens enfant.

C'eſt à .... que je commençai à être moi. Mes plaiſirs étoient des plaiſirs de l'ame. Un penchant naturel à la tendreſſe m'entraîna dans la dévotion, mais dans une dévotion affectueuſe, ſentie : ſource de mille ſentimens délicieux. J'aimois Jéſus-Chriſt, j'adorois la Vierge,

Vierge, j'épanchois mon ame dans son sein, j'embrassois avec ardeur les pratiques religieuses qui tendoient à m'unir à elle. Dieu remplissoit mon cœur ; les heures s'écouloient comme des momens; rien ne troubloit la douce sérénité dont je jouissois ; j'étois content de moi & des autres : être ainsi n'étoit pas vivre sur la terre, c'étoit presque exister dans le ciel, & jouir de la félicité des bienheureux.

Les gens du monde, toujours hors d'eux-mêmes, ne conçoivent pas le charme d'une vie passée dans la contemplation. Ils ne savent pas, qu'à proprement parler, il n'existe que nos idées ; les passions mêmes, dans lesquelles les organes semblent jouer le principal rôle, tiennent à l'ame ; les gens du monde traitent cet état de félicité du vrai dévot, d'état extatique ; ils le regardent comme une chimère ; ils en pensent plus mal encore : la dévotion n'est à leurs yeux qu'un voile respectable, propre à cacher une foule de désordres secrets...... Etres avilis, corps fangeux, liés tout entiers à la terre, qui n'avez que des organes, dont l'ame emprisonnée gémit sous les chaînes peſantes des paſſions charnelles, & ne peut faire un pas ; dites, qu'importe la réalité de l'objet, pourvu qu'il exiſte pour celui qu'il veut.

Qu'eſt-ce que l'amour de l'or ? L'avare place dans un vil métal l'image repréſentative de la ſenſation qu'il pourſuit ; cette image ſans ceſſe préſente à ſa penſée, lui fait embraſſer gaiement toute la ſervitude de l'avarice. L'ambitieux voit le ſouverain bien dans les triomphes de l'orgueil, dans les ſuffrages mobiles d'une fantaſque renommée ; c'eſt pour cette folle chimère qu'il brave les dangers, qu'il dévore les affronts. Le voluptueux apperçoit des rapports entre les corps matériels & ſes organes, il s'y attache comme le lierre s'attache à l'arbre qu'il embraſſe, & s'écrie : voilà le bonheur.

Mais qu'ils ſont tous loin du vrai but de leurs recherches ! De-là cette inquiétude vague de leurs déſirs, ce trouble ſecret de leur ame ; cet ennui qui les dévore au ſein des jouiſſances les plus délicieuſes, ce dégoût de ce qu'ils ont le plus vivement déſiré : dégoût dont ils ne peuvent apporter aucune raison ni se rendre compte à eux-mêmes; dégoût qu'ils attribuent à l'inconstance naturelle de l'homme, & qui n'est qu'une suite nécessaire de l'erreur de son jugement. Tel un voyageur égaré dans une vaste forêt, prend chaque route qui s'offre à lui, & l'instant d'après, reconnoissant à des signes certains, que ce n'est pas celle qu'il cherche, l'abandonne avec dépit pour en suivre une autre, qui ne le conduira pas mieux. Ainsi ces hommes du siècle courent indistinctement après tous les objets, s'efforçant de les atteindre dans l'espoir d'y rencontrer cette sensation du beau, du bon, du vrai, seul objet de leurs vœux, unique but de leurs recherches : mais vaine attente ; telle qu'une ombre légère, elle fuit au moment même qu'ils croient la saisir, & va se reposer sur un nouvel objet. Etonnés, confus, n'appercevant au lieu des agréables chimères dont ils s'étoient bercés qu'une masse grossière, un rapport organique, ils ne sçauroient se figurer d'où naît le prestige ; ils sont comme celui qui par un réveil inattendu vient de perdre un ſonge agréable. Honteux de leur erreur, ils n'éprouvent qu'ennui, ſatiété, à la vue de ces mêmes biens qui, n'aguère, excitoient leurs plus ardens déſirs ; ils les rejettent avec dédain, ſe mettent à courir de nouveau, pourſuivant ſans ceſſe cette ſenſation fugitive, mais ne l'atteignant jamais, parce qu'ils la cherchent où elle n'eſt pas.

M. de Saint-Flour s'arrêta un moment ; je le regardai d'un air ſurpris ; je ne ſavois trop s'il raiſonnoit, ou s'il étoit dans le délire. Ce que je venois d'entendre étoit ſi loin des idées reçues, qu'il me ſembloit voir un homme d'un autre monde ; M. de Saint-Flour s'apperçut de mon embarras, & ſe mit à ſourire. — Mon ami, vous me trouvez fort extraordinaire ; c'eſt une ſuite de mon éducation. L'on contracte dans l'enfance une habitude morale, comme on y contracte une habitude phyſique, & le reſte de la vie s'en reſſent. Je vous ai promis mon hiſtoire ; ceci eſt une eſpèce de Préface, où, me montrant d'avance à vous, tel que je suis, il vous sera plus facile de saisir les rapports qu'ont eus mes actions avec mes sentimens ; mais poursuivons, ajouta-t-il, en me versant une tasse de thé, j'ai encore beaucoup de choses à dire.

CHAPITRE VIII.

Qu'il faut lire avec attention.

POURQUOI la plupart des hommes attachant un si grand prix à la chasteté des femmes, & faisant de cette vertu la base de leur estime pour elles, de leur confiance en elles, le plus sûr garant de leur sûreté domestique, cherchent-ils cependant à détruire dans les femmes des autres cette même chasteté dont ils se montrent si jaloux dans leurs femmes, dans leurs filles, dans leurs sœurs? C'est que, dans l'ordre de la nature, la femme est un bien commun à tous; que l'ordre social, en la rendant la propriété d'un seul, restreint & borne tellement dans certains pays les moyens légitimes d'acquérir cette propriété, y met tant d'entraves, attache tant d'inconvénients aux suites qu'elle entraîne, qu'une grande partie des hommes ne jouiroient jamais d'une femme, s'il leur falloit l'avoir par la loi : ainſi les deux ſexes, quoique dans l'ordre ſocial, reſtent cependant, l'un vis-à-vis de l'autre, dans l'ordre de la nature.

D'un autre côté, comment les femmes ſachant que le moyen le plus ſûr de plaire aux hommes, d'acquérir leur eſtime, d'accroître leur déſirs, de conſerver ſur eux quelque empire, eſt d'être véritablement chaſtes, font-elles ſi peu de cas de cette vertu que l'obſervateur le moins éclairé s'apperçoit d'abord que le ſentiment n'en eſt pas dans leur cœur? elles parlent avec eſtime de la chaſteté, mais c'eſt un mot auquel elles n'attachent aucune importance; elles affichent extérieurement la ſageſſe, la pruderie; mais c'eſt une vaine grimace, bonne tout au plus pour en impoſer aux ſots. Les femmes, loin d'être chaſtes, ont de la peine à ſe contenir dans les bornes que leur preſcrit la nature, & à garder les bienſéances qu'on exige d'elles dans la ſociété.

J'ai cru trouver la cauſe de cette double contradiction, en ce que la *

* Je définis la chaſteté : une vertu morale par laquelle la femme aſſujettit ſes déſirs à ſes devoirs,

chaſteté n'eſt qu'une vertu ſociale. Or, les ſeules idées généralement reçues ſont celles qui nous viennent de nos ſenſations primitives : les ſeuls principes qui aient quelque empire ſur nous ſont ceux qui tiennent aux idées généralement reçues. Dans tout ce qui concerne les rapports des ſexes, la chaſteté eſt un mal, & non pas un bien, puiſqu'elle anéantit ces rapports; que, loin de favoriſer l'union que demande la nature, elle la contrarie & l'empêche de s'effectuer. Auſſi, lorſqu'un homme voit décidément qu'il n'a rien à eſpérer d'une femme, ceſſe-t-il de la regarder comme femme; & ſi l'ordre ſocial ne le forçoit alors de la conſidérer ſous un point de vue étranger à ſon ſexe, elle ſeroit pour lui comme ſi elle n'étoit pas.

Ce qui ſépare donc réellement telle femme de tel homme, c'eſt la volonté bien décidée, bien connue où elle

---

& contient ſa volonté dans les bornes que lui preſcrivent la loi & la religion. Je définis la continence ſociale : une vertu par laquelle la femme aſſujettit ſes actions à ſes devoirs, & contient ſon corps dans les bornes que lui preſcrivent la nature, la loi & la religion. La femme chaſte commande à ſes déſirs; la femme continente commande à ſes ſens.

eſt, de n'être jamais à lui ; le rang, la naiſſance, la richeſſe ne les ſéparent point, car tout cela n'anéantit pas les rapports que la narure a mis entr'eux; mais le non vouloir anéantit ces rapports; quand même, par une force ſupérieure on joindroit les corps, on ne réuniroit pas les êtres.

Si la chaſteté n'eſt qu'une vertu ſociale, * la continence eſt une qualité naturelle : dans tout animal, la ceſſation du beſoin eſt la borne que la nature a miſe au déſir. En effet, l'être ſuprême, en établiſſant des rapports ſexuels entre les animaux de la même eſpece, les a combinés de la maniere la plus propre à atteindre le but phyſique de l'exiſtence de l'animal. Or, durant la groſſeſſe & l'alaitement, la continence eſt un devoir que la nature preſcrit à la femme : celle, qui dans le commerce des ſexes, ſe laiſſeroit entiérement guider par la nature, ſans être chaſte, ſeroit continente,

* Il eſt clair qu'il ne s'agit pas de la continence ſociale, mais de la continence naturelle qui n'eſt autre qu'une loi générale de la nature, par laquelle tout animal abandonné à lui-même ne va jamais au-delà du beſoin.

& nous voyons tous les jours que les femmes du peuple s'en éloignant moins, quoique auſſi peu chaſtes que les femmes du grand monde, ſont cependant beaucoup plus continentes. La femme, dans l'ordre de la nature, n'a donc aucun beſoin du ſentiment de la chaſteté ; le temps de jouir & de s'abſtenir eſt fixé : en ſuivant l'impulſion qu'elle reçoit, elle obéit à la loi générale de ſon exiſtence.

Il n'en eſt pas ainſi dans l'ordre ſocial ; la femme ne peut plus y ſuivre l'impulſion de la nature, car elle n'eſt plus ſous ſa loi ; il faut qu'elle cherche dans la convention ſociale la regle de ſes devoirs.

CHAPITRE IX.

Origine des droits d'un Mari sur sa Femme.

DANS l'ordre de la nature, la femme prise collectivement & considérée par son sexe est la propriété de l'homme, puisqu'elle fait partie de lui-même, qu'elle est un organe à lui, un moyen de réproduction ; mais telle femme n'est pas la propriété de tel homme; au contraire elle est la propriété de tous, & n'est à proprement parler, celle de personne: ainsi, ses relations avec l'homme étant passageres & momentanées, ne peuvent être soumises qu'aux loix de la nature à laquelle seule importe l'effet qui doit en résulter.

L'ordre social, en partageant à chacun ce qui appartenoit à tous, a fait d'un droit commun à l'homme un droit propre à chaque individu; c'est ainsi que telle femme est devenue la propriété de tel homme, & que telle partie du domaine général eſt devenue la propriété de tel Citoyen.

L'ordre ſocial a partagé les femmes dans la proportion qu'il a jugée la plus convenable à l'avantage de la ſociété, en ſorte qu'il s'eſt trouvé des pays où l'on a donné pluſieurs femmes à un ſeul homme, & d'autres où croyant mieux deviner l'intention de la nature, on n'a donné qu'une femme à chaque homme : mais dans ces différents pays, telle femme eſt toujours devenue la propriété de tel homme, car cet homme l'a toujours achetée, ou à titre d'eſclave, ou à titre de femme légitime : or, dans l'un ou l'autre cas, elle lui a été garantie par la loi.

Lorſque l'homme ſortit de l'état de nature pour entrer dans l'ordre ſocial, il n'admit point la femme au partage de la propriété générale ; la raiſon eſt qu'elle faiſoit elle-même partie de cette propriété ; il ne l'admit même pas à repréſenter l'homme dans la portion qui lui en fut aſſignée. La loi ſalique eſt auſſi ancienne que le monde.

Le phyſique du climat, la forme de nos gouvernements modernes, ſur-tout la religion chrétienne, ont apporté en

Europe de grands changements à l'état civil & moral des femmes ; mais ces divers changemens, tous si avantageux à ce sexe, n'ont eu lieu que dans les pays où la religion chrétienne, s'accordant avec l'esprit de la véritable monarchie & le physique du climat, est devenue la religion dominante.

Il me seroit aisé de montrer les rapports essentiels qu'a l'état civil & moral des femmes en Europe, avec la religion & le gouvernement ; je suivrois les différentes gradations par où cet état des femmes a dû passer ; je ferois voir qu'il s'est plus ou moins éloigné des rapports primitifs qui existent essentiellement entre l'homme & la femme, à proportion que la religion & le gouvernement se sont eux-mêmes plus éloignés du principe fondamental de toute association ; je pourrois même assigner le point où l'état actuel des femmes, s'éloignant toujours de plus en plus du vrai principe de l'ordre social, les ramènera dans l'ordre de la nature, mais de la nature pervertie : alors telle femme ne sera plus la propriété de tel homme, elle sera la propriété de tous ; il ne s'agira que de lui faire naître l'envie de se donner, pour qu'elle se donne ; elle croira en avoir le droit. Alors celle qui enfantera ne sera point mere ; celle qui se mariera ne sera point épouse : conjurée contre sa propre espèce, elle prostituera son sexe à la débauche, & le refusera à la génération. L'homme effrayé de se voir sous la loi, & hors de la loi, aimera mieux mourir tout entier que d'être forcé de regarder comme lui celui qu'il sait être un autre.

Jobserverai que l'état actuel des femmes en Europe convient parfaitement à l'esprit particulier de chaque gouvernement ; qu'à mesure que le gouvernement se rapproche du despotisme, l'état des femmes acquiert plus d'indépendance, jusqu'à ce que le Monarque devenu Despote, ne voulant que des esclaves, assimile les femmes à ses bêtes de somme, les enferme dans ses harems, n'en fasse qu'une vaine montre de grandeur, un instrument passif de jouissance, & le jouet éternel de ses caprices.

Il n'y a point en Europe de gouvernement où l'on remarque mieux cette progression successive de l'état civil & moral des femmes, que dans les gouvernements de France & d'Anglerere. Si l'on me demande, quelle eſt en France l'époque où l'eſprit, le caractere & les mœurs des femmes ſe ſont le mieux accordés avec le véritable principe de la monarchie, je répondrai que c'eſt ſous Louis XIII, Anne d'Autriche & Louis XIV, juſqu'en 1695.

CHAPITRE X.

Pourquoi les Femmes de l'Europe ſont libres, & celles de l'Aſie eſclaves.

TOUT gouvernement, qui admet la femme à repréſenter l'homme dans ſa propriété ſociale, l'admet aux droits de l'homme, ne la conſidere plus comme femme, mais comme membre de l'état. Tant que la femme, dans cette eſpece de gouvernement, conſerve ſa propriété ſociale, elle conſerve la proprieté d'elle-même; l'une ſuit néceſſairement l'autre.

Tel eſt le titre primitif de la grande liberté dont jouiſſent en Europe les filles & les veuves; elles n'ont, ainſi que l'homme, de compte à rendre qu'à la loi. Si on les ſoumet à l'opinion, c'eſt qu'on a ſenti que cette extrême liberté n'étoit pas faite pour leur ſexe; que leur ôtant la dépendance phyſique où les a miſes la nature, il falloit la ſuppléer par une dépendance morale, capable de la remplacer. Mais le joug de l'opinion n'eſt qu'un joug volontaire : pour le briſer, il ſuffit de le vouloir, & les femmes armées des ſophiſmes de la nouvelle philoſophie ont détrôné depuis long-temps cette ancienne reine du monde.

La femme, en ſe mariant, aliène ſa propriété ſociale & perſonnelle, puiſqu'elle ſe donne, elle & tout ce qui lui appartient. Cette ceſſion eſt moins un don gratuit qu'une vente réelle ; les conventions matrimoniales ſont, de la part du mari, un vrai contrat d'acquêt, & de la part de la femme, un véritable contrat de vente : ce que la loi l'autoriſe à ſtipuler en ſa faveur eſt le prix qu'on l'achete.

Dès l'inſtant qu'une femme eſt mariée, ce n'eſt plus elle qui repréſente aux yeux du gouvernement la propriété ſociale dont elle jouiſſoit, c'eſt ſon mari. Auſſi, la loi n'enviſage-t-elle plus cette femme que par ſon ſexe, & comme partie eſſentielle de la propriété de l'homme à qui elle s'eſt donnée ou vendue, en ſorte qu'elle la lui ſoumet dans ſa perſonne & dans ſes biens.

Dans le gouvernement deſpotique,

la femme, à proprement parler, ne fait point partie de l'ordre social ; n'étant point admise à représenter l'homme dans sa propriété, elle reste toujours dans l'ordre de la nature. Dans cette espèce de gouvernement, la femme n'est qu'un être physique dont tous les rapports avec l'homme se bornent à ceux du sexe; quel que soit son titre, fille, femme, mere, amante, libre, esclave, elle est toujours la même. La loi ne lui accorde point de volonté, ou du moins ne compte pour rien celle qu'elle a : car ne s'embarrassant guère de l'acte intérieur par lequel la femme veut, mais de l'action physique par laquelle la femme agit, elle apporte tous ses soins à la forcer de faire, sans s'inquiéter beaucoup de l'engager à vouloir.

Dans un tel ordre de choses, la femme ne doit rien à l'homme qui la possède, elle ne s'est ni vendue ni donnée, un autre l'a vendue & en a touché le prix; la femme a, par son sexe, des droits sur tous les hommes : or, le gouvernement despotique, n'en faisant point un être moral & la soumettant toujours au plus fort, ne change point pour elle l'ordre de la nature.

La pudeur des femmes naît du sentiment moral de leurs desirs & de leurs devoirs, de leurs espérances & de leurs craintes; dans l'ordre de la nature, la pudeur ne se rencontre qu'avec l'amour; dans l'ordre social, elle ne se rencontre qu'avec la vertu.

Si les femmes, dans les états monarchiques, jouissent de beaucoup de liberté, c'est qu'elles sont admises à représenter l'homme dans sa propriété sociale; si elles sont peu retenues, c'est qu'elles jouissent de beaucoup de liberté, & que les mœurs austeres d'une république ne conviennent point à une monarchie.

Si dans les états despotiques les femmes sont esclaves, c'est qu'elles ne sont point admises à représenter l'homme dans sa propriété sociale; si elles n'ont ni chasteté ni pudeur, c'est qu'il est des vertus qui n'appartiennent qu'à des êtres libres, & que ces femmes restées dans l'ordre de la nature n'ont d'autre regle de leurs desirs que le sentiment de leurs besoins; si on les tient enfermées, c'est que n'ayant ni pudeur ni chasteté, il suffit qu'elles apperçoivent un homme pour le vouloir, & qu'elles se trouvent seules avec lui pour le prendre.

Les Orientaux agissent conséquemment dans la maniere dont ils traitent les femmes, ils n'exigent point qu'elles soient chastes, car ni la loi ni la religion ne peuvent leur prescrire de l'être ; mais ils veulent une jouissance exclusive : ils se l'assurent indépendamment de celle qui les fait jouir. Les Orientaux ont mis les femmes au rang de toutes les propriétés qui demandent que l'on veille continuellement pour les conserver, & qu'on se serve de tous les moyens que la loi fournit. Sans exiger que leurs femmes soient chastes, ils les forcent d'être continentes ; sans exiger que les autres hommes se refusent au desir de les posséder, ils préviennent ce desir en dérobant l'objet à tous les yeux. Ils trouvent naturel que l'on veuille avoir la femme qui plaît ; mais ils trouvent tout aussi naturel de la soustraire aux entreprises dont elle peut devenir l'objet : c'est sur son impuissance & non sur sa volonté qu'ils se reposent, ils n'en exigent que la vertu des esclaves : une obéissance servile.

CHAPITRE XI.

Tout le monde n'en conviendra pas.

DANS l'ordre de la nature, les femmes ſont par leur ſexe la propriété de l'homme ; mais toujours ſous l'empire de la force, ou ſous la main indulgente de la nature, elles n'ont d'autre regle que le ſentiment de leurs beſoins.

Dans l'ordre ſocial, au contraire, telle femme eſt la propriété de tel homme ; elle n'eſt plus ſous l'empire de la force, mais de la loi. Or, la loi reſtreint à un ſeul les rapports que ſon ſexe lui donne à tous, & en cela la loi ne fait qu'étendre à la volonté de la femme le devoir que la nature lui impoſe de la continence.

En effet, la chaſteté des femmes eſt dans l'ordre ſocial à l'état civil de l'enfant, ce qu'eſt pendant la groſſeſſe & l'alaitement, la continence de la mere dans l'ordre de la nature à l'état phyſique de l'enfant.

Il y a des pays où une femme ne

peut être continente qu'autant qu'elle est chaste. Lorsque la femme est elle-même partie de l'ordre social ; qu'elle représente l'homme dans sa propriété ; qu'alternativement fille, épouse & mere, la loi dans ces différens états, tous relatifs à son sexe, en fait un être moral & libre, lui prescrit des devoirs, & pour l'encourager à les mieux remplir, la paie d'avance par un douaire & des conventions matrimoniales : lorsque cette même loi se borne à commander à la volonté, sans assujettir les organes ; que pour mettre la femme plus à portée de se conformer à ce qu'elle exige, elle brise les entraves que lui donne la foiblesse de son sexe ; qu'ainsi, la femme, quoique foible par sa nature, est forte par la loi ; alors celle qui vit sous un tel ordre de choses acquiert une moralité fondée sur la loi, elle n'est plus la femme de la nature, elle est la femme de tel pays & de telle société.

Je dis que cette femme ne peut être continente qu'autant qu'elle est chaste, & j'ai raison. Par l'extrême liberté dont elle jouit, & par la place qu'elle occupe dans l'ordre social, étant sans cesse mêlée avec les hommes, & ayant avec eux des relations d'intérêt, de devoirs, de bienséances, elle devient l'objet des désirs de tous, & des attaques du plus grand nombre. Les désirs qu'elle éprouve elle-même, ne sont plus en raison des loix de la nature, mais d'une foule de causes morales & physiques qui agissent continuellement sur elle. A l'impulsion de la nature, se joint une impulsion sociale qui la renforce & la supplée ; le désir n'est plus l'indice du besoin ; le besoin, lui-même, n'est plus l'origine ni la borne du désir. L'image séductrice d'un plaisir toujours présent, toujours offert, irrite les organes, les dispose à se prêter à l'action de la volonté : c'est ainsi, que la femme veut toujours jouir, parce qu'elle imagine toujours une jouissance.

L'obligation d'être chaste naît donc pour la femme de tout ordre social où elle peut agir d'après sa volonté. La chasteté des femmes est essentielle à un tel ordre des choses ; elle est la base des mariages, le lien des familles, le titre primitif du respect qu'un fils doit à son pere.

C'est dans la supposition que cette jeune fille sera chaste que je l'épouse. Quelque dépravé que soit un peuple, il n'en viendra jamais à ce degré de corruption qu'il soit indifférent à un mari d'être, ou de n'être pas le pere des enfans que sa femme lui donne.

En même-temps que la loi & la religion établissent pour la femme l'obligation d'être chaste, les mœurs & l'esprit du gouvernement, presque en tout opposés à la loi & à la religion, lui rendent la pratique de la chasteté extrêmement difficile. La continence devient même alors beaucoup plus pénible, elle ne coûtoit rien dans l'ordre de la nature; dans l'ordre social, c'est une vertu.

La société produit nécessairement trois effets sur les femmes. Le premier est d'ajouter une action morale où la nature n'a voulu qu'une action physique; de faire ainsi d'un besoin fondé sur un rapport d'organes un besoin presqu'entièrement fondé sur des convenances idéales, la plupart étrangères au sexe & inutiles au but que la nature se propose.

La femme, alors mettant l'être à la place des organes, & la sensibilité morale

morale à la place de la ſenſibilité phyſique ; reſtreint à tel individu nommément les rapports que ſon ſexe lui donne à toute l'eſpèce ; elle a beau recevoir des hommes, elle ne jouit qu'avec celui qu'elle veut.

Un ſecond effet de la ſociété eſt, en renforçant, comme je l'ai dit, l'impulſion phyſique qui porte un ſexe vers l'autre, de donner au beſoin de jouir une activité & une étendue qu'il n'auroit pas dans l'ordre de la nature. Ainſi, toute femme, chez laquelle le beſoin de jouir ne ſera pas contenu ni reſtreint par le beſoin de plaire, abandonnée à elle-même, tombera dans la crapule & dans le libertinage, ſi elle n'eſt retenue par des motifs puiſés dans la loi & dans la religion.

Un troiſième effet de la ſociété eſt de développer le ſentiment comparatif du moi individuel, ce qui donne naiſſance à la vanité; mais la vanité chez les femmes devient preſque toujours coquettie : car la coquetterie, à proprement parler, n'eſt qu'une vanité relative au ſexe. La femme cherche à ſe faire valoir par les rapports que ſon ſexe lui donne ; or, ces rapports ne ſont ſentis qu'autant qu'on les apperçoit & qu'on veut en jouir : il faut donc les faire imaginer ſans ceſſe, les montrer ſous le jour le plus propre à exciter le déſir & dans un point de vue qui encourage la pourſuite. Auſſi, toute femme chez laquelle l'envie de plaire n'aura pas pour objet le beſoin de jouir ſera coquette. Cependant la coquetterie éloigne la femme de la route que lui trace la nature ; le but qu'elle ſe propoſe n'eſt pas le même que veut la nature ; c'eſt un appas ſéducteur, un moyen adroit dont la femme ſe ſert pour jouir d'elle-même : or, cette jouiſſance orgueilleuſe fondée ſur les déſirs que la femme excite s'évanouiroit bientôt, ſi elle venoit à les ſatisfaire.

C'eſt dans cet accord heureux, dans cette correſpondance mutuelle de l'ame & des organes, dans cette tendance au même genre de bonheur, que la femme puiſe cette ſenſibilité phyſico-morale, don précieux de la nature, mille fois préférable à l'eſprit, à la raiſon, à la beauté ; ſenſibilité qui, dans les différentes relations que donne à la femme ſon ſexe, devient force, vertu, religion ; charme puiſſant & vraiment magique, qui embellit tout ce qu'elle fait, anime tout ce qu'elle dit ; qui eſt pudeur, lorſqu'elle refuſe ; amour, abandon, volupté, lorſqu'elle cède : une telle femme eſt la gloire & l'ornement de ſon ſexe : fidéle amante, chaſte épouſe, mere tendre, citoyenne patriote, amie ſolide, généreuſe, compatiſſante, elle fait, dans tous les tems, le bonheur de l'homme. Heureux celui qui peut la mériter : car, mon ami, le pere & la mere donnent les maiſons, mais c'eſt le Seigneur qui donne à l'homme une femme ſage * ... Vous voilà donc réconcilié avec les femmes, m'écriai-je ? vous leur dites des douceurs, vous finirez par vous mettre à leurs genoux, & vous avouerez alors qu'elles ſeules répandent de l'agrément ſur cette triſte vie, & ſèment de quelques fleurs le peu de jours que nous avons à paſſer dans ce monde.

Charles, reprit M. de Saint-Flour, je dis la vérité, le bien comme le mal;

* Proverb. Salomon.

j'ajouterai que les femmes ne doivent qu'à elles-mêmes toutes leurs vertus, tandis que les vices hideux qui en défigurent quelques-unes leur viennent des paſſions ſociales ; mais pourſuivons, j'ai encore beaucoup de choſes à dire.

CHAPITRE XII.

Rarement un Misantrope est galant.

Un fade esprit de galanterie nationale fait en France, de la plupart des femmes, autant d'idoles qu'une troupe d'hommes désœuvrés encensent par habitude & méprisent par systême; ces hommes, se croyant obligés, on ne sait pourquoi, de voir toujours chaque femme sous le rapport de son sexe, affectent de la désirer, lors même qu'ils s'en soucient le moins : c'est en cela qu'ils font consister l'amabilité, la galanterie. L'âge ni la laideur de la femme ne les dispensent point de ce genre de politesse, sauf à eux à ne s'avancer qu'autant qu'il convient au rôle dont ils se sont chargés : c'est ainsi qu'une vaine formule locale, mensonge perpétuel, tourne la tête à ce sexe crédule. Chaque femme se croit l'objet des désirs de tous, néglige les autres rapports que lui donne l'ordre social, se concentre en entier dans son existence de femme, s'identifie avec ses organes, & affecte de paroître sous un jour où il ne lui est plus permis de se montrer.

Delà ce prix idéal qu'on attache à la possession d'une femme, prix qui n'a rien de commun avec sa valeur réelle, & qui tient tout à l'art qu'elle a de se faire valoir. Toute femme a deux prix, l'un qui n'est presque rien, l'autre immense, & qu'on ne sauroit payer. Elle se vend, & se donne. Celui qui l'achete est tout étonné du peu qu'elle vaut; tandis que celui à qui elle se donne découvre chaque jour en elle de nouveaux charmes, & y trouve une valeur dont l'autre ne se doute même pas. De-là vient que tant de maris n'ont que de la froideur & du dégoût pour la même femme qui inspire à son amant la plus forte passion.

Il suffit souvent d'avoir des droits légitimes sur une femme pour qu'elle se refuse; alors elle livre ses organes, & garde son cœur; mais elle sent si bien elle-même l'énorme différence que cette réserve met dans sa possession, que lorsqu'elle se vend avec le plus de perfidie, elle feint de ne céder qu'à l'amour.

Cependant la femme retourne bientôt à son état naturel; le malheureux qui a cru la posséder gémit de l'avoir perdue; il devient jaloux, exigeant, il la tourmente, se tourmente lui-même, & finit par se rendre odieux : alors elle l'oublie; ou si elle se souvient de ce qu'elle a fait pour lui, c'est avec un sentiment de dégoût si marqué qu'il ne laisse aucun espoir de retour.

La possession d'une femme n'a le prix idéal que nous y attachons qu'autant qu'elle est exclusive : aussi la femme qui se donne feint-elle de se donner tout entiere, & de renoncer en faveur d'un seul aux droits qu'elle a sur tous.

Quelquefois c'est la femme elle-même qui confere à un homme de son choix ce droit exclusif sur sa personne; alors on peut y compter du moins pour quelque temps : plus souvent, c'est une volonté étrangère qui s'autorise de la loi pour disposer d'une femme; alors cette femme ne s'étant pas réellement donnée, mais s'étant vendue, ou ayant été vendue par un autre, est toujours prête à se donner à celui qui lui en suggere la volonté.

CHAPITRE XIII.

Qui ne plaira pas également à tout le monde.

La Femme qui aime ſe donne par choix & tout entiere à l'homme auquel elle ſe livre ; la femme chaſte ſe réſerve tout entiere pour l'homme auquel elle s'eſt livrée.

Nous faiſons dans les femmes le plus grand cas de la chaſteté, & nous avons raiſon ; c'eſt dans l'ordre ſocial la ſeule gardienne de la continence, le ſeul garant ſolide de la fidélité de la femme, le ſeul témoin irréprochable de la paternité du mari. Sans la chaſteté, plus de véritable amour, plus de famille, plus d'époux ni d'épouſe. Je ne vois entre l'homme & la femme qu'une liaiſon paſſagere dont les triſtes fruits également indifférents à l'un & à l'autre n'appartiennent à perſonne.

Une femme vertueuſe s'attache par ſes propres déſirs, ſon mari lui en devient plus cher, elle remplit gaiment ſes devoirs, ſa récompenſe eſt dans l'amour qu'il lui porte.

Les femmes, pour répondre, du moins en apparence, à l'estime que les hommes font de la chasteté, affectent de regarder cette vertu comme un devoir essentiel de leur sexe; elles se déchaînent hautement contre celles qui manquent à ce qu'elles nomment les bienséances d'usage, les jugent avec rigueur, les condamnent sans miséricorde. Sont-elles chastes? non; pure grimace! Elles ont réduit la pratique de la chasteté à un extérieur d'étiquette, au choix de certains mots, à quelques formules sociales, à ce qu'on ne les surprenne pas avec des hommes; à ne point se vendre pour de l'argent, mais à se donner pour des bijoux, des emplois, des graces de la Cour. Eh! comment les femmes seroient-elles chastes? Nos institutions sociales les portent à ne l'être pas. Nous en avons fait une partie de la société générale, & la nature ne les a destinées qu'à la société particuliere des familles; elles se mêlent de tout, concourent à tout, entrent dans tout; & le bon sens nous dit qu'elles doivent vivre ignorées, solitaires, toujours occupées de leurs enfants, de leur maison, de leur mari.

C'est ainsi que nous faisons jouer aux femmes un autre rôle que celui que leur destinoit la nature; or ce rôle, elles ne peuvent le jouer par elles-mêmes; la femme, considérée indépendamment de son sexe, est un être foible; il faut donc, lorsqu'elle veut agir, qu'elle agisse par l'homme; mais comment lui féra-t-elle vouloir ce qu'elle veut? En se faisant vouloir elle-même; elle rentre dans l'ordre de la nature, parce que cet ordre seul lui donne avec l'homme des rapports toujours subsistants; elle n'est plus l femme de tel ni de tel, elle est laa femme de tous ceux dont elle a besoin; si elle se sert des avantages factices du rang, de la naissance, c'est pour mieux faire valoir les rapports de la nature. En même temps qu'elle se montre dans tout son appareil social, elle laisse entrevoir qu'elle est femme, & qu'encore que la société la sépare de tel homme, la nature peut l'en rapprocher.

C'étoit d'après ces principes & pour gagner les Seigneurs du parti contraire, que Catherine de Médicis traînoit toujours à sa suite une foule de jeunes beautés dressées à tendre des pieges à l'ambition. Ce fut pour engager Jacques

Clément à seconder sa haîne, que la Duchesse de Montpensier franchit l'intervalle immense que l'ordre social mettoit entr'elle & ce Jacobin, & rentra un moment avec lui dans l'ordre de la nature

Toute femme sent qu'une trop bonne opinion de sa vertu affoibliroit son existence de femme, rendroit nuls ses moyens de plaire, la réduiroit au triste sentiment de l'estime d'elle-même, ou tout au plus aux froids témoignages d'une muette admiration. Elle veut bien qu'on la croie sage; mais elle veut qu'on espere qu'elle cessera de l'être, & qu'un ardent amour, des soins assidus, de nombreux services, sur-tout un entier dévouement, pourront un jour la toucher & l'entraîner malgré ses principes.

CHAPITRE XIV.

Mon Ami ſe jette dans des diſcuſſions politiques & religieuſes.

Si les femmes regardoient la chaſteté comme un devoir preſcrit par la nature, elles s'en écarteroient moins ſouvent, ou plutôt elles ſeroient naturellement chaſtes, comme elles ſont naturellement continentes. Mais la chaſteté n'eſt pour elles qu'une vertu relative à l'homme ſocial. Nous les aimons mieux chaſtes, parce qu'il eſt de notre intérêt qu'elles le ſoient : or, indépendamment de la loi & de la religion, elles n'ont aucun intérêt à l'être.

En effet, l'objet des plaiſirs de l'amour eſt une ſenſation phyſique néceſſairement ſentie ; au lieu que la chaſteté n'a qu'un rapport moral à l'ame : ſon objet eſt une ſenſation morale, qui ſuppoſe un ordre ſocial, des relations, des devoirs. C'eſt donc en oppoſant toute la force ſociale à toute la force de la nature, & en obligeant ainsi la femme à se considérer sous d'autres rapports que ceux de son sexe, que vous parviendrez à lui faire regarder la chasteté comme une vertu ; que vous la forcerez de consentir dans son cœur à l'obligation que vous lui imposez de résister aux attaques de l'homme, d'y résister en tout temps, lors même qu'elle est le plus disposée à y céder : résistance d'autant plus pénible que, dans l'ordre de la nature essentiellement faite pour céder, elle veut souvent dans l'ordre social celui que vous exigez qu'elle refuse. Aussi, n'est-ce jamais de bonne-foi que la femme se défend, ni par une volonté déterminée de ne pas se rendre ; mais par une volonté déterminée de ne pas se rendre à tel homme, ou de ne pas se rendre dans tel temps.

Il nous faut donc ici, pour soutenir la vertu chancelante de la femme, outre les relations morales que lui donne son état de femme, de nouvelles relations qui les renforcent & les suppléent. La religion, en créant pour la femme de nouveaux devoirs, nous fournit ces nouvelles relations. Dieu devient garant du pacte social ; c'est un témoin toujours présent de l'engagement sacré que contracte celle qui s'y soumet. Que son mari l'abandonne à elle-même & s'épargne une surveillance inutile ; l'œil de l'Eternel est ouvert sur elle, rien de ce qu'elle fait ne peut lui échaper. Mais la religion ne doit commander la chasteté qu'autant que la législation la commande : car la chasteté n'est une vertu religieuse qu'autant qu'elle est une vertu civile.

En effet, les devoirs de la femme naissent de ses obligations, & tiennent à la loi du pays qu'elle habite. Au moment que la femme devient partie d'un ordre social quelconque, elle ne doit plus se regarder comme femme que dans les rapports sexuels que cet ordre lui permet. L'obligation que la femme contracte sur ce point avec la société est fondée sur l'obligation que cette même société contracte avec elle : obligation qui tend à lui assurer la pleine jouissance de son sexe, conformément à la loi, & à la maintenir dans les droits qui résultent de l'abandon qu'elle en fait.

La religion chrétienne, assignant une femme à chaque homme, & un homme à chaque femme, les rend la propriété l'un de l'autre. Chez les Chrétiens, le mariage est un engagement religieux, rien ne peut l'annuller : la jeune vierge se doit même d'avance à l'homme qu'elle veut épouser un jour : il faut qu'il voie toujours en elle la mere de ses enfans.

L'esclavage, chez les anciens Peuples, brisoit les liens qui attachoient une femme à son mari, à sa patrie, à sa religion, & rompoit ainsi tous les engagemens qu'elle avoit contractés. Soumise à un nouvel ordre de choses, elle rentroit au moral dans sa liberté primitive : aussi ni la loi ni la religion n'exigeoient qu'elle fût chaste ; l'une & l'autre sentoient que l'esclavage remet la femme dans l'ordre de la nature ; que n'ayant plus de liberté, elle ne peut plus avoir de vertu. C'est ainsi que la chaste épouse d'Hector & l'altière fille de Priam, devenues parties du butin des vainqueurs de Troye, ne firent point de difficulté de partager le lit de Pirrhus & d'Agamemnon : ces Princes ne virent en elles qu'une propriété acquise par la victoire; elles-mêmes ne se regardèrent plus que comme des esclaves dont les organes appartenoient à un maître étranger.

Si la religion chrétienne impose indifféremment aux deux sexes l'obligation d'être chaste, c'est que jusqu'à un certain âge la continence est une loi de la nature, & que dans l'ordre social la chasteté à tout âge est une vertu.

Il semble même que la religion chrétienne soit à cet égard tout à l'avantage de la femme; elle motive ses refus, leur ôte ce qu'ils ont d'humiliant, lui fournit un moyen assuré d'enchaîner par la loi celui qu'elle a soumis un instant par ses charmes. Oui, si cette religion sainte conservoit encore sur nous quelque empire, si les femmes plus convaincues de l'importance de leurs devoirs s'attachoient à mieux les remplir, l'homme poussé d'un côté par la nature, & de l'autre retenu par la loi, embrasseroit l'état du mariage comme le seul moyen d'obéir à la nature sans enfreindre la loi.

La religion chrétienne permet à tout homme & à toute fille de s'unir par le mariage à l'instant même que la nature, leur en inspirant le désir, leur en fait sentir le besoin. Elle place l'essence du mariage dans l'union volontaire des ſexes, ſans égard au rang, à la naiſſance, à la dignité. Ainſi la loi qui commande la chaſteté aux jeunes filles eſt la même qui défend l'adultère aux femmes mariées.

D'après le véritable eſprit de la religion chrétienne, tout homme libre qui connoît une fille ſe marie réellement avec elle : tant qu'ils reſtent fidèles l'un à l'autre, ils ſont époux ; dès qu'ils ſe quittent, ils ſont adultères.

CHAPITRE XV.

Suite du précédent.

MONTESQUIEU dit que la pluralité des femmes dépend beaucoup de leur entretien. Il devoit ajouter que leur entretien dépend beaucoup du rang qu'elles ocupent dans la ſociété, du rôle qu'elles y jouent, de la liberté dont elles jouiſſent, ſur-tout de la facilité qu'elles ont de donner à leur parure un but relatif à leur ſexe. Telle femme de Paris coûte plus que tout un ſérail.

La polygamie n'eſt point une affaire de calcul; il ne s'agit pas de ſavoir s'il naît moins d'hommes que de femmes : il s'agit de ſavoir s'il ne reſte pas néceſſairement dans tel pays beaucoup de filles qui ne trouvent point à ſe marier. Dès-lors, cette impoſſibilité de ſe marier, ſoit qu'elle réſulte du plus grand nombre de femmes, ſoit qu'elle réſulte du gouvernement ou de la religion, a toujours les mêmes ſuites: le célibat de ces filles & la non-existence de leurs enfants; elle a encore un effet plus funeste, la ruine des mœurs publiques. Ces femmes, ne trouvant dans la loi particuliere de leur pays aucune voie honnête de satisfaire à la loi éternelle & générale de la nature, les éludent l'une & l'autre pour les accorder. De tous ces commerces secrets que commande la nature & que défend la loi, il ne résulte qu'infamie & néant.

La polygamie est de droit naturel; un homme peut suffire à plusieurs femmes & leur faire atteindre le but de leur existence. La monogamie suppose, dans les gouvernements où elle sert de base à la législation des mariages, une perfection dont aucun gouvernement n'est susceptible.

La monogamie suppose que tout homme peut se marier sans inconvénient, & que toute fille nubile trouvera un mari : cette loi ne considere que la convenance des sexes & l'union des volontés.

La monogamie est sans contredit la loi sociale la plus favorable à la population : voilà pourquoi elle ne sauroit ſubſiſter dans les états deſpotiques, & pourquoi elle entraîne de ſi grands abus dans les monarchies.

L'inégalité des fortunes étant de l'eſſence des monarchies, ſi tout le monde ſe marioit, il y auroit bientôt plus d'hommes que de moyens de les nourrir. Il faudroit donc que la fortune publique ſe partageât en raiſon des individus; alors l'état ceſſeroit d'être une monarchie, & deviendroit une ou pluſieurs républiques.

CHAPITRE XVI.

Le conſeil eſt bon, mais ſera-t-il ſuivi ?

Le meilleur moyen, ſans doute, de rendre les femmes chaſtes ſeroit de priſer nous-mêmes la chaſteté, d'en faire l'objet de nos hommages, de notre eſtime, de nos reſpects. Mais loin de cela, nous en faiſons le partage de la laideur, ou plutôt nous n'y croyons point, nous affectons même ſottement de ne pas y croire.

Voyez cette jeune femme, bien reconnue pour ſage ; indifférente aux hommes, l'objet de la haine des femmes, ſa vertu, au lieu de lui attirer quelque conſidération, excite l'égoïſme de ceux qu'elle repouſſe. Elle les humilie ſans les toucher. On l'abandonne à elle-même ; on la relègue au milieu de ſa famille, de ſes enfants ; on diroit qu'elle n'eſt plus bonne à rien. Quelque jolie, quelque aimable qu'elle ſoit, cette malheureuſe chaſteté la soustait aux éloges, elle est dans le plus grand monde comme dans une triste solitude. Les élégants du jour affectent de la braver, & vont même jusqu'à l'impolitesse : ils lui envient cette réputation de vertu achetée à si haut prix; ils lui supposent les goûts les plus bas; ils accréditent les bruits les plus ridicules ; sans y croire eux-mêmes, ils feignent de n'en pas douter. L'exemple d'une telle femme est trop dangereux; épouvantons, se disent-ils, celles qui seroient tentées de le suivre; montrons-leur que, malgré le soin avec lequel elles veillent sur elles-mêmes, elles ne jouiront pas de ce vain renom de sagesse qu'elles prisent tant.

Les égards, les empressements, les respects sont pour les femmes dont on espere & qui, plus accommodantes, ne font de la chasteté qu'un allèchement, un appas, unemaniere de se donner. On ne marchande point avec ces femmes. Bien sûr que tout cet étalage de vertu n'est qu'une grimace, un vain masque de défense; on loue leur conduite, on leur passe leurs prétentions, dans l'espoir d'apprendre aux autres combien il est facile, au milieu du plus vil abandon de ſoi-même, d'acquérir une réputation de ſageſſe & d'honnêteté.

O mon ami ! qu'il en coûte à une femme, dans ce ſiecle corrompu, pour ſe conſerver vraiment chaſte !

Il faut qu'elle renonce à jouer un rôle ; & cette tâche pénible, impoſée à ſa vanité, lui peſe plus mille fois que la privation des plaiſirs qu'elle ſe refuſe.... La religion, mon ami, la religion... c'eſt la ſeule baſe ſolide de toutes les vertus. Mais, direz-vous, une femme ne peut-elle être chaſte ſans religion ? Non, car il lui faut un motif pour l'être : or, elle n'en trouve aucun en elle-même ; ceux que la loi lui fournit n'ont de force qu'autant qu'ils ſont conſacrés par la religion.

Que la femme qui veut ſe conſerver vraiment chaſte ſe renferme dans ſa famille, & ſe cache aux regards impurs de cette foule de célibataires, ennemis par état des bonnes mœurs. Qu'elle fuie l'oiſiveté ; qu'elle s'occupe de ſa maiſon, de ſon mari, de ſes enfans ; qu'elle établiſſe au fond de ſon propre cœur un tribunal ſévère où elle ſe juge elle-même ; & là, qu'écoutant dans le ſilence des passions ce qui la fait vouloir, elle scrute le rapport de ses actions à ses sentimens. Qu'elle sache sur-tout que sa gloire consiste à être ignorée; & qu'elle n'oublie jamais cette vérité importante que la femme la plus sage est celle dont on parle le moins.

Une femme belle & chaste est à mes yeux ce qu'il y a de plus grand dans l'ordre moral des choses. Je l'admire, je la vénère; sa vue, loin d'exciter en moi de coupables désirs, m'inspire un sentiment religieux. Je la vois comme un être bienfaisant, descendu du ciel pour adoucir les maux inséparables de l'humanité, & répandre sur l'homme la coupe enchanteresse du bonheur.

Amante, épouse & mere, elle concentre tout l'homme en elle, l'embrasse dans tous les âges, dans tous les temps .... Que ne lui doit-il pas! ... sa propre existence ...., celle de ses enfants dans lesquels il vit encore. C'est ainsi qu'ajoutant toujours une vie à une autre vie, la femme arrache en quelque sorte l'homme à la mort, & l'éternise en le reproduisant. Etre des Etres! non, ce n'est pas le jour où tu créas l'homme que tu fis le plus pour lui,

lui, c'est le jour que tu lui donnas la femme.... Mon ami, dis-je à M. de St. Flour en l'interrompant, vous êtes enthousiaste ; il faut l'avouer, quelque philosophe qu'on soit, on ne peut jamais raisonner de sang froid sur les femmes. On les adore, ou on les déteste ; on les loue follement, ou on les déchire : souvent même on fait l'un & l'autre, selon qu'on les envisage dans l'espece ou dans l'individu.

Hélas! malgré tout ce qu'on dit des femmes, un regard obligeant, un léger sourire, une foible espérance nous fait tomber à leurs pieds. L'homme le plus honnête est le plus foible contre leurs séductions. Il imagine la vertu, la voit sous les traits enchanteurs de celle qui lui en offre la trompeuse image, & croit se dévouer à son culte, en l'adorant.

M. de St. Flour me serra la main, poussa un profond soupir, & continua ainsi :

CHAPITRE XVII.

Mon Ami déraisonne.

QUELLE injustice d'exiger que sa fille, que sa femme soient chastes & continentes, tandis que soi-même on ne l'est pas; qu'on rit hautement de cette vertu; qu'on affecte de ne pas y croire; qu'on la regarde comme un masque, une apparence trompeuse, dont les femmes se revêtent pour en imposer; qu'on plaisante sur les excellents tours qu'elles jouent à leurs peres, à leurs tuteurs, à leurs maris; qu'on va publiquement applaudir aux théâtres ces mêmes tours. C'est en vérité prendre les femmes pour plus dupes qu'elles ne le sont: aussi ne les trompe-t-on point; on leur dit que la chasteté est une vertu essentielle de leur sexe, & l'on n'en croit rien, si ce n'est par rapport à sa femme, à sa fille, à sa sœur: les femmes nous disent que la chasteté est leur principale vertu, elles ne le croient pas plus que nous. Elles ſe ſervent de cet épouvantail pour ſe ſouſtraire aux pourſuites des indifférents, & pour ſe donner un plus haut prix aux yeux de ceux qu'elles déſirent. Elles nous vantent comme une forte preuve d'amour le prétendu ſacrifice d'une vertu qu'elles n'ont pas, qu'elles ne priſent guere : c'eſt ainſi qu'elles nous flattent, & nous enorgueilliſſent d'une victoire que nous n'avons pas remportée ; car il n'y a jamais eu de leur part un ſeul inſtant de combat.

Cependant les femmes ont plus perdu qu'elles ne penſent en renonçant aux vertus de leur ſexe ; elles ont vu périr entre leurs mains cet antique empire que leurs meres tenoient de la ſageſſe & de l'amour, elles étoient l'objet d'un culte, elles ne ſont que l'occaſion d'un déſir paſſager. Encore, cet hommage du moment rendu au ſexe en général eſt-il plutôt l'effet d'une impulſion aveugle, que d'un ſentiment de préférence pour la femme à laquelle il s'adreſſe.

Oui, parmi le nombre infini de gens de toutes ſortes d'états, qui entourent les femmes, qui les cajolent, les flattent, les ſéduiſent, pas un n'en veut faire ſa propriété. Je dis plus ; telle femme se croit chérie, respectée de son amant, laquelle, malgré les avantages réunis de la beauté, du rang, de la naissance, de la fortune, n'en est pas intérieurement assez estimée, pour que, s'ils étoient libres l'un & l'autre, il osât dans le mariage lui confier le sacré dépôt de sa postérité.

Les femmes ont troqué les grâces touchantes de leur sexe contre la rudesse de nos manieres. Elles ont revêtu le caractere d'homme qui les enlaidit; ne pouvant atteindre à notre grandeur, elles essaient de nous faire partager leur petitesse, ne pouvant s'élever à notre génie, elles s'efforcent de nous rabaisser à leur esprit. Devenues les arbitres des réputations, ce sont elles qui distribuent la gloire du jour, & pour l'obtenir, semblable au prophéte Elisée, il faut se proportionner à un enfant. Elles ont usurpé le domaine de l'homme; mais leurs bras débiles ne peuvent soutenir ce pesant fardeau, elles plient sous le faix, marchent chancelantes, & trébuchent à chaque pas.

Que la femme soit aussi réservée sur les charmes de son esprit que sur ceux de sa personne. Il lui est permis de faire imaginer tout ce qu'elle vaut, elle peut même quelquefois se montrer pour ainsi dire tout entiere; mais la pudeur s'étend jusques sur l'ame, une modeste honte la voile, ainsi que le corps, aux regards indiscrets de la curiosité. C'est à l'amant, à l'ami, à l'époux qu'appartient cette jouissance précieuse de tout l'être : c'est à se rendre meilleure à ses propres yeux, & plus aimable aux yeux de ceux auxquels il lui importe seuls de plaire, que la femme doit employer ses talents, ses connoissances, son esprit, & non pas à briller dans un cercle étroit de petits admirateurs, dont les louanges perfides lui déguisant sa propre foiblesse l'engagent à prendre un vol qu'elle ne sauroit soutenir.

La nature a fait la femme plus sensitive & moins intelligente que l'homme. C'est donc plus par ses sentiments que par ses connoissances qu'elle intéresse : c'est son cœur & non son esprit que nous aimons à trouver dans sa conversation.

Rappellez-vous avec quel plaisir nous lisions les Lettres de Madame de Sévigné. Qu'est-ce qui nous charmoit dans cette lecture ? sont-ce les connoissances de cette femme aimable ? est-ce son esprit comme Auteur ? Il n'y a peut-être pas un seul homme, parmi cette foule de Poëtes si vilipendés par Boileau, qui n'ait réellement plus d'esprit, de véritable acquit, de goût que Madame de Sévigné. Cependant, on ne lit plus les Ouvrages de ces Poëtes, on ne lit même plus les Ecrivains de Port-Royal, bien supérieurs aux Boursault & aux Chapelain. Pourquoi lit-on toujours les Lettres de Madame de Sévigné ? parce qu'on y trouve la peinture naïve du cœur d'une femme, l'être le plus approprié à l'homme social.

Ce qui, dans ces Lettres, paroît un défaut de goût comme Auteur, devient un mérite par cela même que ce défaut tient au sexe. Quand je vois Madame de Sévigné se plaire à la lecture des Romans de la Calprenede, en avoir honte, dire pour s'excuser que les sentimens en sont admirables & qu'elle a toujours aimé les grands coups d'épée, je reconnois la femme qui, foible au physique, ainsi qu'au moral, doit se passionner pour le vrai courage & admirer la véritable grandeur.

Ajoutez à l'intérêt que Madame de Sévigné inspire pour elle-même celui qu'elle inspire pour toutes les femmes charmantes dont elle nous fait bien plus connoître le cœur que l'esprit, Mesdames de Coulanges, Devins, de Lavardin, de la Fayette, sur-tout cette excellente Duchesse de Chaulnes dont elle dit je lui ai appris l'amitié, si zélée pour les douces pratiques de cette union religieuse des ames qu'elle y portoit l'enthousiasme & le culte de l'amour : vous verrez pourquoi ces Lettres sont & seront toujours les délices des hommes qui ont une ame. Oui, cette lecture laisse, des femmes de ce temps, un souvenir enchanteur ; on soupire malgré soi, on ferme le livre, on regarde de tous côtés si l'on n'appercevra rien de semblable : le cœur ému ne cherche qu'à s'épancher.

Les femmes dédaignent les détails de l'économie domestique ; quand ce ne seroit qu'une occupation, ce motif seul devroit les engager à s'y donner. La plupart ont dans la journée tant d'heures vuides, elles s'ennuient si ſouvent; mais il eſt un autre motif plus puiſſant encore, & dont vous ſentirez la force. Dans nos gouvernements modernes, la femme eſt propriétaire; elle eſt en outre, lorſqu'elle perd ſon mari, tutrice de ſes enfants; il faut donc qu'elle ſache régir ſon bien, puiſque la loi le lui confie : rien de ce qui concerne l'économie domeſtique ne lui eſt étranger; on peut même dire que les femmes ont un talent particulier pour cette partie du gouvernement; économes, parcimonieuſes, leur ſexe, en leur faiſant un beſoin de la vie ſédentaire, les met plus à portée de veiller à tout & de prévenir les abus. L'homme avare, ou prodigue, ne regarde à rien, ou eſt minutieux. La femme, au contraire, ſait allier l'abondance à l'économie, l'ordre avec la liberté, les épargnes cachées avec l'élégance du ſervice, de la parure, de l'ameublement. Toutes ces choſes bien ménagées lui tiendront lieu de plaiſir, de bonheur même, & la ſauveront à coup sûr de l'ennui.

Si nous voyons tant d'immenſes fortunes ſe fondre tout à coup, s'écouler comme l'eau, ſans même que ceux qui ſe trouvent écrasés sous leurs ruines puissent reconnoître la cause d'un si prompt renversement, c'est que les femmes ne se mêlent de rien dans leurs maisons, que tout y est abandonné à des valets; elles croient beaucoup gagner à se rendre ainsi étrangeres chez elles-mêmes, à se faire un loisir dont la plupart sont embarrassées; elles jouissent, disent-elles, de plus de liberté, mais cette grande liberté, dont elles se montrent si fieres, est une forte preuve du peu de cas qu'on fait des femmes.

L'homme qui les aime le plus ne se soucie pas assez de celle qu'il a pour en être jaloux; l'amant est aussi indifférent que le mari : ni l'un ni l'autre n'en veulent faire leur propriété.

Les femmes, pour se séparer encore davantage des intérêts communs de la famille, se sont mises à pension : cet arrangement assimile l'honnête femme à une fille publique, la fait vivre dans une folle insouciance ; elle néglige les intérêts de ses enfants, les siens propres; souvent la plus jolie n'est aux yeux de son mari qu'un créancier importun, & pour le public, qu'une espece de fille entretenue, presque toujours à l'encan.

Mais quel lien mutuel dans nos gouvernements modernes unit une femme à ſon époux ! toutes gagnent du côté de la liberté à la mort de leurs maris; que ſera-ce de celles qui, comme les nôtres, y gagnent encore du côté de l'intérêt ? Le douaire des femmes peut être néceſſaire & juſte dans un temps où le gouvernement fondé ſur la loi ſalique ne les admettoit point à partage, devient injuſte & odieux, depuis qu'elles peuvent poſſéder indifféremment toutes les terres & partager dans toutes les ſucceſſions.

Quant aux filles, cette partie la plus intéreſſante du ſexe & ſans contredit la plus ſage, au lieu d'être comme chez les anciens l'ornement de nos fêtes, & par l'appas d'une jouiſſance imaginée, d'inviter les jeunes gens au mariage, l'odieuſe rivalité de leurs meres les tient enfermées dans des couvents : c'eſt là qu'elles attendent avec impatience le moment de jouir à leur tour. Heureuſes, ſi cette retraite devenue néceſſaire, les dérobant à la contagion de l'exemple, les ſauve d'une ſéduction prématurée !

M. de St. Flour ſe tut, & tomba peu à peu dans une profonde rêverie. Je gardai quelque temps le ſilence, réfléchiſſant ſur ce que je venois d'entendre. J'avois bien des choſes à alléguer en faveur des femmes, mais ce n'étoit pas le moment. Je me notentai de répondre en peu de mots.

CHAPITRE XVIII.

J'entre en matière.

TOUT ce que vous venez de dire, mon ami, regarde le plus petit nombre des femmes. Pour quelques folles combien de meres de famille raisonnables, de filles soumises, d'amantes fideles, d'épouses chastes. De votre propre aveu, les femmes du peuple remplissent avec courage les devoirs que la nature leur impose, & se soumettent sans murmure aux devoirs mille fois plus pénibles que leur prescrit l'ordre social. Dans tout l'Orient, les femmes, par la maniere dont on les éleve & la place que le gouvernement leur assigne, ne sont que des êtres physiques, assujettis à la dure tâche de servir l'homme; leur existence morale se borne à trouver des moyens d'agir sur ses sens; esclaves de la force, elles ne sont ni bonnes, ni méchantes, ni vertueuses, ni corrompues : quant aux femmes de l'Europe, je conviens que parmi ces femmes, celles qui assez riches pour vivre dans l'oisiveté, assez maîtresses d'elles-mêmes pour vivre indépendantes, ont secoué le joug salutaire de la religion & de la loi, méritent les reproches que vous leur faites. Or, ces femmes nous montrent bien jusqu'où peut aller la dépravation de la femme, lorsqu'entierement abandonnée à elle-meme, elle n'écoute que la voix de ses passions; mais les écarts dans lesquels elles donnent ne nous prouvent pas que la femme soit naturellement ainsi. En effet, loin que ces femmes soient dans l'ordre de la nature, les abus inséparables de l'ordre social les ont seuls dénaturées à ce point. Je dis plus; ce qu'on reproche avec tant de justice aux femmes tient dans chaque pays à la forme du gouvernement, aux mœurs du siecle, à l'influence qu'ont ces mœurs sur l'éducation, au peu d'empire qu'a la religion sur nous, sur-tout à la réunion de ce sexe dans les villes & dans les capitales. C'est là que les femmes étrangeres à leurs devoirs deviennent des êtres factices, tout entiers aux passions sociales. Peut-être même les vices hideux qui les avilissent leur viennent-ils des hommes. Cette foule de Célibataires qui circulent dans nos villes sont autant d'organes impurs de débauche & de corruption. Ils propagent le vice par systême. Leur existence est fondée sur la perversité publique. Que feroient-ils parmi un peuple vertueux? c'est parce que les passions d'aujourd'hui sont vraiment étrangeres à la constitution physique & morale des femmes, que les femmes sont-elles mêmes si étrangeres à leur sexe. La fureur de jouer un rôle, l'envie d'avoir une cour les forcent de renoncer à leur véritable caractere ; elles sont audacieuses, intrigantes, dépensieres; la nature les a fait timides, nonchalantes, économes.

CHAPITRE XIX.

Des simples jeux de son enfance, heureux que se souvient long-tems.*

QUELQUES jours après cette conversation je partis pour la campagne. Mes filles mandèrent leur arrivée à

* A la premiere lecture, je trouvai ce Chapitre & les suivants un peu disparates avec le reste de l'ouvrage; mais en y réfléchissant avec plus d'attention, je vis que le peuple faisant partie de l'espèce humaine, les femmes du peuple avoient dû entrer dans le plan de l'Auteur; il n'avoit donc pu oublier les différentes nuances qu'apporte dans le caractère de la femme la différence des âges, des états & des sociétés: car alors il sera facile de reconnoître quel est l'état social qui éloigne le plus la femme de sa vraie destination. J'avouerai en outre, que la peinture des jeux innocens de l'enfance de ce sexe aimable, ainsi que celle des plaisirs simples de sa jeunesse, m'a paru un tableau de Teniers. Que s'il se trouve quelque nouveau Louis XIV qui dise d'un ton de mépris: qu'on m'ôte ces magots de devant les yeux, peut-être se trouvera-t-il quelqu'un qui ne sera pas fâché de porter un moment la vue sur la nature dans toute sa pureté. *Note de l'Editeur.*

deux bonnes amies qu'elles ont à Riom, & les invitèrent à venir passer un mois avec nous. Ces deux Demoiselles ont un excellent caractere, & font une compagnie très-agréable pour ma Cécile & pour ma Babet : quand elles sont toutes quatre ensemble, leurs jeux naïfs, leur gaieté folâtre me rappellent l'heureux temps de ma jeunesse.

Louise, la plus jeune des deux sœurs, a une figure mutine, des yeux fripons, une bouche qu'on n'ose regarder; elle saute, rit & chante toute la journée. Ma fille & elle mettent des chaises en place de cavaliers, & ne dansent que de meilleur cœur. L'hiver, elles ont grand soin d'envelopper d'un morceau de papier les pepins des pommes qu'elles mangent à leur déjeuné; retirées dans leur chambre, elles font rougir une pelle, posent dessus ces pepins l'un après l'autre, donnant à chacun le nom d'un jeune homme de leur connoissance. Les pepins échauffés se gonflent & partent avec une espece de détonation; alors elles jugent par le plus ou le moins de bruit, du plus ou du moins d'empressement de leurs amoureux, elles appellent cela faire sauter les galants; puis elles rient de si bon cœur qu'elles en donnent l'envie.

Cette mystérieuse évocation se fait quelquefois après souper. Nous sommes, ma femme & moi, de la partie : notre présence, loin de contraindre ces aimables enfants, les anime & les encourage.

Julie a six ans plus que sa sœur, & s'intéresse moins à ces petits jeux; elle s'occupe de son ouvrage, tient à ma femme une compagnie assidue, lui aide dans les différents détails de l'économie domestique, & paroît prendre beaucoup d'intérêt à ce qui concerne le ménage. Lorsqu'il y a du monde, elle parle peu; mais si on l'interroge, ou qu'on la consulte, elle répond à propos & donne modestement son avis.

Julie commence à réfléchir sur la vraie destination de son sexe; elle sent que le mariage est la fin que toute fille doit se proposer; mais son cœur pur & chaste ne voit dans cet état qu'une vocation sublime & des devoirs à remplir; c'est par la pratique des vertus d'une bonne mere de famille qu'elle se prépare elle-même à le devenir. Sa coquetterie avec les hommes consiste à leur faire imaginer le bonheur domestique.

Nous lisons le soir des Romans; sans cette consolante lecture, que devenir à la campagne pendant les longues veillées d'hiver? je juge volontiers du caractere d'un jeune fille par le caractere du héros auquel elle s'intéresse, & par l'espece de bonheur qu'elle semble préférer : les friponnes ne peuvent échapper à mes regards observateurs. Dans le monde, elles se cachent, elles se doutent qu'on les examine, mais en lisant un Roman, elles ne se méfient de rien; j'excite leur confiance, j'encourage leur petit babil; à la maniere dont elles écoutent, je vois ce qui se passe au fond de leur cœur.

Un grand événement, c'est lorsqu'il survient tout-à-coup une voiture; le petit troupeau se disperse, les jeux cessent, on court se mettre à sa toilette. Il est vrai que, pour n'être pas surprise dans un deshabillé peu favorable à la beauté, on a grand soin de regarder à la chandelle s'il n'y aura point quelque visite le lendemain, car elle ne manque jamais d'annoncer l'heureuse nouvelle. * Or, voici comment se pratique cette divination. Si le lumignon laisse échapper un petit jet de flamme, la premiere qui s'en apperçoit s'écrie : voilà une visite à la chandelle ; de quel côté reprend une autre ; du côté d'Anglure, répond la troisieme ; ah ! c'est M. de Verville, dit la quatrieme. On fait en conséquence une toilette recherchée, & qui réponde au présage.

J'ai vu cent fois nos lectures interrompues par ces importantes remarques, & j'ai joui autant de fois, avec délices, de l'innocence & du bonheur de ces aimables enfants ; j'ai reconnu dans leurs goûts, dans leurs jeux, le sceau de la nature ; je me suis dit : c'est ainsi qu'une heureuse ignorance prolonge chez les Peuples de la mer du Sud

---

* Cette divination se nomme lampadomancie, elle est aussi d'usage en Angleterre. Le Spectateur dit, parlant de la femme d'un de ses amis chez qui il avoit été dîner. . . . « A peine étions-nous assis, » qu'après m'avoir examiné quelques instans : mon » ami, dit-elle, se tournant vers son mari, vous » pouvez voir maintenant l'étranger qui étoit hier » dans la chandelle ». Adisson, Spect. discours, 5.

l'âge fortuné de l'enfance, l'éternise en quelque sorte d'homme à homme, de génération en génération.

Ces gens simples, exempts de nos passions sociales, de nos chagrins factices, jouissent des vrais plaisirs de la nature, ne s'en lassent jamais, n'en désirent point d'autres; leurs jours s'écoulent dans une douce insouciance; ils arrivent insensiblement à la mort, comme ils sont venus à la vie, sans regret du passé, sans crainte pour l'avenir.

Douce félicité des êtres! amitié, amour, joie, santé, contentement d'esprit, bonheur, non (& je le vois avec un vif sentiment de reconnoissance), vous ne dépendez ni des richesses ni de l'opinion. La source de vos plaisirs est dans l'ame; je l'ai dit souvent, je l'ai senti plus souvent encore : ce n'est que dans les petites villes & dans les conditions bornées que l'on est véritablement heureux. Les grandes passions sociales n'y ont point altéré le caractere primitif de l'espece; chacun y suit librement la marche de la nature; les fortunes n'ont point cette inégalité monstrueuse qui aſſervit l'homme à l'homme, & le lui ſoumet juſque dans ſa conſcience & dans ſa volonté. La jeune vierge, parée de ſes grâces & de ſon innocence, n'y eſt point le malheureux objet des infâmes ſpéculations du vice, ni le but honteux des vils marchés de la proſtitution; elle ne ſe vend point, elle ſe donne. La naiſſance, le rang, les richeſſes attirent des reſpects, obtiennent des égards; mais la jeuneſſe, l'amabilité, l'heureux don de plaire jouiſſent ſeuls des droits de l'amour.

CHAPITRE XX.

Digreſſion. Souvenirs.

QUE j'aime les anciens ! leurs feſtins, leurs jeux, leurs cérémonies religieuſes, tout étoit objet de réjouiſſance pour le peuple. Il ſuffiſoit d'être homme pour être invité : l'appareil de leurs ſacrifices étoit un appareil de fête ; des troupes de jeunes garçons & de jeunes filles, revêtues de longues robes de lin, des danſes, des chants, des tables couvertes de mêts, des coupes d'or & d'argent pleines d'un vin délicieux, des repréſentations théâtrales, des courſes de chariots, un peuple entier ivre de joie, s'uniſſant avec ſes prêtres pour bénir & adorer ſes Dieux.

La religion chrétienne, quoique moins gaie que celle des anciens, a ſes cérémonies, ſes pompes, ſes ſacrifices. Nous voyons dans chaque ville certains uſages religieux auxquels le peuple eſt très-attaché ; — mais, dites-vous, ce ſont des ſuperſtitions puériles ; — que vous importe, s'il en résulte un moment de bonheur.

Il y a, à un quart de lieue de la Flèche, au bout du cimetiere public, une petite Chapelle nommée Notre-Dame des Vertus : c'est là qu'on dépose les corps avant de les mettre en terre, & qu'on acheve les cérémonies funebres.

La piété envers les morts, rend ce lieu vénérable ; on y dit des messes, on y fait des processions, on y va le mois de Mai chanter les Litanies de la Vierge & le *Stabat Mater.* C'est toujours quelque jeune prêtre doué d'une voix forte & sonore qui se charge d'acquitter ce pieux devoir. On part après souper ; les jeunes filles sont très-zélées pour cette dévotion, les mamans veulent en être aussi, elles se rappellent les innocentes tromperies de leur jeune âge, & ce souvenir les allarmant sur le danger de leurs filles chéries ne leur permet pas de les laisser aller seules.

Le chemin est beau, bien planté d'arbres ; sept à huit cent personnes des deux sexes divisées par coteries forment dans le demi-jour qui regne alors un coup d'œil charmant. Ces petites sociétés vont chantant, folâtrant, se livrant au plus aimable badinage : arrivées à la Chapelle, chacun se met à genoux, fait sa priere, écoute les Litanies, dit des *Paters* pour le repos de l'ame de ses parents. Les plus dévotes se rendent sur la tombe de leurs peres, de leur meres, de leur maris : là, dans la simplicité de leurs cœurs, elles invoquent avec larmes, pour ces êtres si chers, le Dieu bon, clément, miséricordieux, pere commun de tous les hommes, dont l'infinie bonté ne demande qu'à pardonner. Ah! sans doute, ils sont faits pour être exaucés, ces élans d'une ame pieuse & tendre, dictés par le plus vertueux des sentimens, & soutenus de la foi la plus vive!

On s'en retourne lentement par le même chemin ; la nuit un peu plus sombre favorise les tendres confidences; l'amour à qui tout est sujet de malice trouve par fois l'occasion de dérober de légeres faveurs, mais les grands accidents sont rares. La vue de tant de témoins contient cette jeunesse dans les bornes de la décence ; l'honnêteté publique couvrant la jeune Vierge de son voile, la sauve des entreprises d'un brutal,

tal, & des séductions de son propre cœur.

A la porte de la ville, on s'attend les uns & les autres, on se souhaite le bon soir, & chacun prend gaiement le chemin de la maison. Les amoureux reconduisent leurs maîtresses, on se dit un nouvel adieu, l'on se quitte enfin; mais dans la flatteuse espérance de se voir le jour suivant à la même heure, & d'y jouir encore du plaisir d'être ensemble.

Hélas! ce bienheureux mois de Mai ne peut pas durer toujours, d'autres temps amènent d'autres plaisirs! l'été, chaque ménage sort le soir à sa porte, & s'assied sur des bancs; ce monde épars dans les rues forme un spectacle très agréable, surtout les jours de dimanches & de fêtes que les beaux habits sont étalés, & que les jeunes filles en linge blanc & mieux vêtues paroissent dans tous leurs avantages.

Les gens mariés vont de banc en banc causer & rire; les garçons restent auprès des jeunes filles: celles-ci, bonnes amies, au moins pour le moment, se mettent plusieurs ensemble, soit qu'elles espérent par là détourner les malins discours, ou qu'elles imaginent que la vue de tant de charmes réunis, enflammant de plus en plus leurs amoureux, tournera au profit de chacune d'elles en particulier l'impression générale qu'ils reçoivent de toutes : car ce sexe est rusé, & a un instinct qui ne le trompe jamais.

Quoi qu'il en soit, l'amant gagne plus à cet arrangement qu'il n'y perd ; sa maîtresse rassurée par la présence de ses compagnes ne s'observe pas tant ; il se trouve quelque jeune fille moins sévère, dont l'exemple enhardit les plus timides. Encouragé par l'aimable gaieté de cette troupe folâtre, l'amant se permet de tendres larcins, l'amante feint de ne pas les voir. Tranquille sur le dépôt qu'il lui importe de conserver, elle abandonne le reste sans crainte : ce sont de nouveaux liens dont elle enlace son captif.

Ces différents groupes, animés de la joie la plus franche, chantent, rient, jouent à de petits jeux : les meres ne demeurent pas oisives, c'est le temps où l'on débite les nouvelles, où l'on traite les affaires, où l'on prend les résolutions de quelque importance. Les seules à plaindre sont les vieilles filles, elles se voient un peu délaissées; mais elles s'en dédommagent par un intarissable babil, ce qui n'est pas pour ce sexe une foible consolation.

Il est vrai qu'il y a toujours dans les petites villes une querelle ouverte. Il faut prendre parti entre le Sénéchal & le Lieutenant, entre le Président du Grenier à sel & le Procureur du Roi; mais ces haines se terminent à des propos, à des menaces: nul n'est assez puissant pour opprimer son ennemi.

J'ai une Terre auprès de Baufort, il y a vingt ans que les sollicitations d'un de mes amis de college, jointes au désir de profiter de cette occasion pour régler des comptes avec mon fermier, me décidèrent à y passer quelque temps. J'allai descendre chez M. Moltou; on me dit qu'il étoit au jeu de boule; je m'y fis conduire; j'y trouvai dix à douze Notables en veste blanche, en bonnet de coton brodé; les uns jouoient, les autres causoient, tous étoient joyeux, contens. Je fus très-bien reçu, on me proposa une partie de bou le; j'acceptai, & e faisant tout à tous, je vis bientôt disparoître cette contrainte & cette gêne que met la vue d'un inconnu parmi des gens habitués à être ensemble. On apporta de la bierre, & l'on reprit le grand objet de la délibération. Il s'agissoit du Procureur fiscal ; chacun s'en plaignoit, on eût dit à les entendre qu'il avoit violé toutes les femmes, & ruiné tous les maris. Un petit homme gros & noir, haut en couleur, au regard fier, à la voix forte, prit la parole, & détailla très au long les torts de ce Magistrat : mon avis, Messieurs, est que nous rompions tout commerce avec cet homme. Puisqu'il ne peut s'accorder avec personne, il faut le laisser vivre seul.

Tout le monde se mit à parler à la fois, ce fut à qui enchériroit sur le petit homme. Il n'y eut qu'une voix ; on décida conformément aux conclusions de l'Avocat, que le Procureur Fiscal seroit exclus du jeu de boule, & que dès le soir même on lui signifieroit la résolution de l'assemblée. Il devoit se faire une pêche sur la petite riviere de Lotion ; c'est là qu'on résolut d'éclater.

J'allai souper chez M. Moltou, un des personnages les plus importants de la ville ; on vint nous prendre à sept heures & demie, nous nous rendîmes à la pêche.

Tandis qu'on s'expliquoit de part & d'autre avec beaucoup de bruit, que les partisants du Procureur fiscal & du Lieutenant se chamailloient, j'apperçus une jolie fille qui sembloit ne prendre aucune part à cette querelle ; sa mere plus curieuse s'étoit un peu avancée pour être sans doute plus à portée d'entendre ce que l'on disoit. La fille seule au bord de l'eau paroissoit plongée dans une profonde rêverie. Profitant d'une occasion qui s'offroit si naturellement, je l'abordai, & lui dis des choses honnêtes sur sa figure, sur le peu d'apparence de rencontrer à Baufort une si charmante personne. J'ajoutai, — vous intéressez-vous beaucoup à cette affaire, Mademoiselle? — Non, je vous jure, Monsieur, mais papa y est fort entêté. — Je ne sai pas trop, repris-je, de quoi il s'agit ; le plus grand tort, selon moi, du Procureur fiscal, le seul que je ne peux lui pardonner, est de se brouiller avec le pere d'une fille aussi aimable, & de se priver par là du bonheur attaché à l'espérance de vous plaire.

Mademoiselle Dauphine me répondit avec beaucoup de modestie que j'avois d'elle une opinion trop avantageuse, qu'elle n'attribuoit les choses obligeantes que je lui disois qu'à un grand fond de politesse. Elle avoit de l'esprit; elle se prêta de bonne grace à la conversation. Nous eûmes bientôt fait connoissance, & avant de la quitter, j'eus la satisfaction d'apprendre d'elle-même que je ne lui déplaisois pas.

Je la revis le lendemain, je la trouvai encore plus jolie, plus spirituelle, je continuai à lui faire assidument ma cour. J'allois la prendre le soir à l'heure de la promenade, elle refusoit constamment tous les bras, jusqu'à ce que je fusse arrivé; nous allions ensuite sur la place, ou le long du grand chemin: c'étoit le rendez-vous des jeunes filles de la ville, chacune y venoit après souper avec son amoureux. Nous passions deux heures dans la plus intime familiarité, aimables agaceries, jolies chansons, tendres aveux, innocentes caresses, bagatelles charmantes, que le sentiment rend précieuses, qui sont tout pour les gens délicats, parce que c'est une préférence, & que rien d'étranger à nous n'en est l'objet.

Je ne cherchai point à obtenir de plus grandes faveurs, j'étois bien éloigné de vouloir séduire cette aimable fille, sa confiance en moi auroit suffit pour me la faire respecter. La sensible Dauphine ne consultoit que l'impulsion de son tendre cœur, sans même imaginer jusqu'où il pouvoit la conduire. Dans la douce quiétude de son ame, elle se laissoit aller à un sentiment qui lui sembloit délicieux, & me rendoit quelquefois mes caresses avec une ingénuité, une innocence, une franchise, qui tout en excitant en moi les transports les plus vifs, m'empêchoient néanmoins de m'y livrer.

Cependant, j'évitai de me trouver seul avec elle, je sentois trop qu'il me seroit impossible de maintenir mes bonnes résolutions, j'étois résolu de lui épargner les longs regrets du repentir. Je me suis souvent rappellé

ces jours heureux de ma jeunesse ;
je me les rappelle encore avec plaisir
en ce moment : rien de triste ni de
fâcheux ne se mêle au souvenir qui
m'en reste.

CHAPITRE XXI.

La Visite.

Nous avions vu la veille une belle visite, j'avois moi-même confirmé le présage, ce qui avoit fait soupçonner à mes filles & à Mesdemoiselles de Villiers que nous aurions du monde le lendemain; mais quelque curiosité qu'on m'eût témoignée, quelque tentative qu'on eût faite pour m'engager à parler, je m'étois obstiné à ne rien dire.

Cependant on abrégea le déjeûner, & on alla se metrre un peu plutôt à sa toilette. A onze heures, nous entendîmes le bruit d'une voiture. Quelle surprise, lorsqu'on en vit sortir un homme de cinquante-cinq ans! ma fille aînée le reconnut aussi-tôt, & s'écria, c'est M. de St. Flour! — Quel est ce M. de Saint-Flour, demanda Julie? un vieux garçon, reprit ma fille, un ami de mon pere. Nous le voyons souvent à la ville. Louise fit une petite grimace de la bouche, & se remit à son ouvrage. Julie parut considérer mon ami avec plus d'attention; elle n'est pas riche, il y a long temps qu'elle a sacrifié ses goûts à ses devoirs, & puis elle est si honnête qu'elle ne voit dans un mari qu'un pere pour ses enfants.

Ce n'est pas que Julie ne soit née tendre, je me trompe fort, ou elle a une inclination secrete qu'elle combat du mieux qu'elle peut. Je la vis prête à pleurer l'autre jour à la lecture d'une Lettre de Madame Selbi *, dans laquelle cette excellente femme rappelle à Miss-Biron sa niece, l'énorme distance que la fortune a mise entr'elle & le Chevalier Grandisson. Julie loue aussi beaucoup le parti courageux que prend † Miss-Somers de quitter le Château de Bontiparc, & de fuir pour toujours Sir Thomas. Les hommes, ajoute-t-elle, ne veulent que de l'argent; c'est une grande folie de s'attacher à quelqu'un plus riche que soi.

---

* Voyez l'Histoire du Chevalier Grandisson.

† L'Orpheline Anglaise.

J'allai au-devant de mon ami, je le prévins sur la petite société qu'il trouveroit chez moi; son âge, son ton grave en imposèrent d'abord, & mirent de la gêne parmi ces jeunes personnes; mais Cécile leur ayant dit que M. de St. Flour étoit le meilleur homme du monde, elles se rassurèrent, & reprirent leur premiere gaieté.

Le soir, on alla se promener. Louise & mes filles marchoient devant, & s'arrêtoient à chaque pas pour cueillir des fleurs champêtres qu'elles se montroient l'une à l'autre d'un air de triomphe, prétendant chacune avoir trouvé les plus belles. Julie étoit demeurée avec nous, je cherchai à la faire parler, je remarquai que mon ami l'écoutoit avec plaisir, j'espérai dès-lors que les aimables qualités de Mademoiselle de Viliers pourroient faire impression sur lui; je regrettois qu'un si honnête homme mourût tout entier. Je savois que M. de Saint-Flour avoit été fort amoureux dans sa jeunesse d'une Demoiselle de ... mais quelque passion qu'il eût eue pour cette femme, je ne regardois pas l'obstacle comme invincible. Je pensois qu'une jeune personne bien élevée, modeste, raisonnable, attachée à ses devoirs, l'engageroit peut-être à donner le reste de sa vie à sa postérité, après en avoir consacré la meilleure partie à la mémoire de sa maîtresse.

La promenade nous conduisit à une jolie prairie, arrosée par un petit ruisseau, dont les bords plantés d'ormeaux, de saules & de trembles, formoient un charmant ombrage. L'eau étoit limpide, brillante, son agréable murmure invitoit aux plus douces rêveries. Nous nous assîmes sur l'herbe, je priai Julie de chanter, mon ami la loua beaucoup.

Louise eut son tour; sa voix avoit plus de légèreté que celle de sa sœur, mais elle n'étoit ni si moëlleuse, ni si tendre. Mesdemoiselles de Viliers & mes filles chantèrent ensuite à l'unisson. Après qu'elles eurent fini, nous reprimes le chemin du Château.

Rien ne me plaît, dis-je à mon ami, comme d'entendre chanter plusieurs jeunes filles à l'unisson. Cette harmonie si vantée n'est qu'un bruit confus, un son vain, plus propre à étourdir l'oreille qu'à toucher le cœur, dont tout l'effet se borne à une sensation vague, indécise, semblable à celle qu'on éprouve sur une haute montagne à la vue de l'espace que l'on découvre autour de soi.

Nous voulons de la science par-tout, nous soumettons froidement le plaisir au calcul. Qu'ont produit les regles fantasques & bizarres dont nous avons gêné la marche des arts d'imitation? Une triste uniformité, une ennuyeuse monotomie. On a beau aller, venir, changer d'objets, on voit toujours les mêmes choses. Personne n'ose s'écarter de la route battue... est-elle donc environnée de précipices? Ne peut-on l'abandonner un instant, sans courir le risque de se perdre....? non, mais on rejette ce qui ne s'accorde pas avec le goût du moment. Les élans du génie sont des disparates qui choquent, sa lumiere éclatante fatigue des organes habitués à un jour plus doux, sa nudité effarouche une fausse délicatesse, on veut le parer des ornements du bel esprit... c'est échanger la lourde massue d'Hercule contre une foible quenouille, &

donner au robuste & grossier Milon la démarche molle, efféminée, d'un voluptueux Sibarite.

J'ai remarqué souvent que les grandes beautés d'un morceau de musique ne se font sentir que par réminiscence, & en chantant soi-même ce morceau : de même que les grandes beautés des Tragédies de Corneille & de Racine ne se font sentir qu'à la lecture, & loin du jeu forcé des acteurs. On apperçoit mieux le rapport des paroles aux sentiments, & le rapport des sentiments à la situation des personnages. Tout concourt à l'illusion, on se transporte sur le lieu de la scène, on existe dans le monde idéal qu'a créé l'Auteur.

Pour revenir à la musique, ce tintamarre d'accompagnemens dont on étourdit les oreilles, n'est-il pas étranger à la convenance qu'elle doit avoir avec les paroles? Est-ce, en accumulant des sensations contraires, que vous ferez passer en moi les sentiments que vous voulez m'inspirer? non, sans doute; c'est en simplifiant votre action, en la dirigeant au même but, en éloignant ce qui contrarie l'effet que vous voulez produire.

Vous avez raiſon, Charles, reprit M. de Saint-Flour ; je pourrois apporter en preuve une foule de faits qui confirment ce que vous dites. J'ai ſouvent été ſurpris de l'inexplicable effet de la muſique du Devin du Village. C'eſt un mélange de ſenſations délicieuſes qui ſe fortifient les unes & les autres, un ſentiment plein de charmes. Il ſemble que le bonheur ſoit plus près de ſoi. En y réfléchiſſant, j'ai reconnu que cet effet unique tient à l'unité de l'ouvrage. Chaque partie eſt tellement faite l'une pour l'autre que réunies, elles forment un tout parfait dont on ne peut rien retrancher & auquel on ne peut rien ajouter. On n'eſt point à l'Opéra, on eſt au Village ; ce ne ſont point des Acteurs, ce ſont des Bergers.

En cauſant ainſi, nous arrivâmes au Château. Le ſouper fut très-gai : Louiſe, entiérement raſſurée par tout ce que mes filles lui avoient dit de M. de St.

Flour, se livra à son enjouement naturel; les jeux recommencèrent, mais Julie n'y prit aucune part & resta toujours auprès de ma femme. Mon ami voyoit avec un singulier plaisir ces trois jeunes filles rire, folâtrer, se livrer sans contrainte à l'aimable gaieté de leur âge. Ses yeux se portoient de temps en temps sur Julie, il paroissoit la regarder avec intérêt. Nous passâmes ainsi huit jours, ayant au dedans de nous le sentiment intime de notre propre bonheur, & sous les yeux le spectacle touchant du bonheur d'autres nous-mêmes. M. de Saint-Flour n'avoit point l'air de s'ennuyer; la vue de la nature, bien ordonnée, plaît toujours à une ame saine. La veille de son départ, je crus m'appercevoir qu'il nous quittoit à regret. J'imaginai que l'aimable Julie entroit pour quelque chose dans ce sentiment; je résolus de m'en éclaircir, & de sonder les dispositions de mon ami à son égard.

La pluie nous ayant retenu toute la journée à la maison, nous sortîmes

mes le ſoir dans le parterre ; Louiſe & mes deux filles ſe mirent à répéter à la voix une contre-danſe nouvelle. Julie & ma femme, après pluſieurs tours de promenade, s'aſſirent ſur un banc de gazon ; nous continuâmes à marcher M. de Saint-Flour & moi. Mademoiſelle de Viliers avoit ce jour-là dans le regard, dans l'air, dans le maintien, je ne ſai quoi de tendre, de voluptueux, en même temps d'honnête & de modeſte, qui en faiſoit une des femmes les plus intéreſſantes que j'aie vue. Comment trouvez-vous cette charmante fille, dis-je à mon ami, en lui montrant Julie ? Si je voulois peindre la pudeur, luttant contre l'amour, je la prendrois pour modele. M. de Saint-Flour, ſans me répondre, conſidéra quelque temps Mademoiſelle de Viliers : — Charles, ce n'eſt pas ici le moment de traiter une affaire de cette importance. Je vous écrirai, & lorſque vous aurez réfléchi ſur ce que j'ai à vous apprendre, vous me conſeillerez ce que je dois faire : juſques-là, qu'il ne ſoit question de rien. Nous rentrâmes dans le sallon. Mon ami partit le lendemain ; huit jours après, je reçus de B . . . . . un gros paquet cacheté, j'y trouvai un manuscrit & cette lettre.

FIN.

www.ingramcontent.com/pod-product-compliance
Ingram Content Group UK Ltd.
Pitfield, Milton Keynes, MK11 3LW, UK
UKHW031906260826
14628UKWH00003B/1030

9 782019 255619

Dr Henri ROUSSEAU
DE L'UNIVERSITÉ DE PARIS

LE RÉGIME ALIMENTAIRE DES TUBERCULEUX

LIBRAIRIE MEDICALE ET SCIENTIFIQUE
JULES ROUSSET
PARIS. — 36, Rue Serpente. — PARIS
(EN FACE LA FACULTÉ DE MÉDECINE)

1902

MEIS ET AMICIS

A MES PROFESSEURS

DE LA FACULTÉ DE MÉDECINE

A MES MAITRES DANS LES HOPITAUX

CHAPITRE PREMIER

Il ne semble pas que les découvertes de Villemin et Koch aient été le point de départ d'une rénovation dans le traitement de la tuberculose pulmonaire. C'est en vain que de nombreux agents bacillicides ont été tour à tour proposés et rejetés : malgré les nombreux médicaments prônés par leurs auteurs, comme spécifiques, nous n'avons presque pas de prise sur le bacille tuberculeux lui-même, nous ne possédons pas encore le médicament réellement spécifique de la tuberculose humaine. Tant il est vrai que les expériences de laboratoire ne sauraient fournir que des indications relatives sur la valeur des antiseptiques et que tel médicament qui fait merveille *in vitro*, ne réalise nullement en clinique les résultats qu'il faisait prévoir.

Il eût été surprenant qu'à la suite des découvertes de la bactériologie et de l'expérimentation, on n'ait cherché à réaliser la sérothérapie de la tuberculose.

Les succès si remarquables, obtenus déjà dans le tétanos, devaient inciter les chercheurs à marcher dans cette voie.

Le 4 août 1890, Koch annonçait, au congrès international de Berlin, qu'il possédait une substance capable de rendre des cobayes réfractaires à l'inoculation de la tuberculose et d'enrayer l'évolution de la maladie chez les animaux rendus expérimentalement tuberculeux. Cette substance désignée plus tard sous le nom de tuberculine de Koch, est un extrait glycériné de cultures de bacilles de la tuberculose. Les expériences entreprises à la suite de la communication de Koch ont montré que la tuberculine n'avait pas la valeur que lui attribuait Koch. Ses succès n'ont pas répondu à l'attente qu'avait fondée sur elle son auteur. Cependant on peut dire avec Manquat que si la méthode de Koch n'a pas paru avoir enrichi directement la thérapeutique, au point de vue de la curation de la tuberculose, elle n'en constitue pas moins un progrès incontestable dans l'étude générale de l'évolution et du traitement des maladies infectieuses et le professeur Landouzy a pu dire récemment, avec raison, que la découverte de Koch mérite d'être considérée comme une des inventions les plus puissantes de la médecine moderne.

A l'heure actuelle, la question de la sérothérapie de la tuberculose est encore à l'étude, et l'on ne peut prévoir à l'avance quels en seront les résultats.

Toutefois, il ne faudrait pas conclure de ces faits que nous soyons complètement désarmés contre la tuberculose, et puisque nous ne possédons ni médicament ni sérum à lui opposer, nous devions nous avouer vaincus. Au contraire, nous avons dans le traitement hygiénique, l'élément de combat le plus puissant contre la phtisie pulmonaire ; et c'est parce que son action est réelle, alors que dans les autres médications, le résultat n'en apparaît pas aussi clairement, que tous les auteurs s'accordent à reconnaître la valeur de la cure diététo-hygiénique.

« Après des travaux sans nombre, a dit Peter, la « médecine moderne, d'accord avec le bon sens, en « arrive à conclure que la meilleure médication des « tuberculeux est l'hygiène — l'hygiène qui empêche le « tuberculisable de devenir tuberculeux et le tuber- « culeux de devenir plus tuberculisable. »

On sait que depuis Brehmer, la cure diététo-hygiénique du tuberculeux comprend trois indications fondamentales :

Mettre le malade au repos ;

Lui faire respirer un air pur ;

L'alimenter et le suralimenter.

Telles sont les trois indications fondamentales du régime hygiénique tel qu'on le pratique dans les sanatoria.

Cure d'air, cure de repos, cure d'alimentation, ces trois termes constituent ce que l'on a appelé la triade thérapeutique de Brehmer. C'est à Brehmer, en effet, que revient le mérite d'en avoir donné une description claire. « Avant lui, les médecins apportaient autant de « soucis et de détails à ordonnancer et à formuler les « remèdes empruntés à la pharmacie chimique, qu'ils « mettaient d'inconscience et d'indifférence à se servir « des agents physiques et naturels, à recourir aux res- « sources diététiques, encore moins aux moyens hygié- « niques.

« Il n'est que juste de caractériser l'œuvre de Breh-
« mer en disant qu'elle a su réaliser, en matière de re-
« cettes contre la tuberculose, la posologie des éléments
« curateurs qui sont le repos, l'air, l'alimentation, sans
« lesquels les agents médicamenteux restent impuis-
« sants. En cela Brehmer se souvenait qu'Hippocrate
« ordonnait comme remèdes aux phtisiques l'exercice
« modéré et le régime approprié. » (Professeur Landouzy, Congrès de Berlin, 1899.)

En France, quelques esprits éclairés avaient reconnu les avantages du repos, du régime et de l'air pur.
« Peter enseignait depuis plus de trente ans que le
« tuberculeux devait vivre en plein air nuit et jour,
« et il avait trouvé dans le docteur Bennett de Men-
« ton un collaborateur d'une haute intelligence et
« d'un rare mérite, qui imposait à tous les tuberculeux
« l'aération continue et même avant Kneipp — la pra-
« tique de l'hydrothérapie. »

De ces trois indications fondamentales de la triade thérapeutique de Brehmer, nous nous proposons plus particulièrement d'étudier la cure alimentaire. Pour mieux en comprendre les indications, nous commencerons par déterminer les pertes auxquelles l'alimentation peut se proposer de porter remède. Nous verrons donc quelles sont ces pertes. Puis, ceci fait, nous étuderions les aliments au point de vue de leur valeur nutritive et de leur digestibilité; nous montrerons quelle place ils doivent tenir dans le régime alimentaire. Nous examinerons en dernier lieu s'ils remplissent bien toutes les indications que nous avons tirées de la connaissance des pertes de l'organisme, et dans le cas contraire, à quelles adjuvances thérapeutiques il convient d'avoir recours.

Si nous n'étudions que le régime alimentaire, ce n'est pas que nous lui reconnaissions un rôle plus grand, dans la guérison ou l'amélioration de nos malades, c'est uniquement pour limiter notre sujet.

Les trois facteurs de la cure diététo-hygiénique sont en effet intimement unis entre eux. Le traitement hygiénique forme un bloc dont on ne peut appliquer les éléments isolément, et pour être couronné de succès demande à être rigoureux. D'ailleurs, on ne saurait dire quelle part revient, dans les résultats si heureux des sanatoria, à chaque élément de la cure, ni par conséquent puiser quelque enseignement sur la valeur thérapeutique de chaque élément isolé.

De tout temps, on avait reconnu les funestes effets de l'air confiné et son influence sur le développement de la phtisie. Les anciens, Pline, Arétée, recommandaient les voyages, et dès 1752, Raulin conseillait à ses malades tuberculeux de vivre dans une chambre dont les fenêtres devaient rester ouvertes. Mais si l'on envoyait les tuberculeux dans le Midi et les pays d'outre-mer, pour les soustraire pendant l'hiver au froid et à l'humidité, on les laissait se calfeutrer soigneusement dans leurs appartements et se mesurer avec parcimonie cet air qu'ils auraient dû respirer. Aussi Peter pouvait-il dire avec raison : « Je ne sais rien de plus hideusement fétide que « la chambre à coucher du phtisique. C'est un endroit clos « où il est interdit à l'air d'entrer comme à l'espérance.

« Bourrelets aux portes, bourrelets aux fenêtres, épais « rideaux enveloppant le lit où le malheureux phtisi- « que mijote à l'étuvée dans sa moiteur et son air vingt « fois respiré, vingt fois souillé par le contact de ses « poumons altérés. » Respirer un air pur, c'est pour le tuberculeux respirer la vie.

Toutefois, le régime de l'air doit être progressivement gradué, approprié à la tolérance des malades. Dettweiller reconnaît que l'accoutumance et l'endurcissement sont des conditions indispensables qui ne s'obtiennent qu'au prix de réelles difficultés, selon les conditions qui président au début du traitement rationnel. On tâtera la susceptibilité du malade et c'est progressivement qu'on l'amènera à l'aération continue de jour et de nuit.

Quelle vertu possède l'air pur, nous le savons tous pour en avoir vu les effets. Que de malades, quittant anémiés leurs occupations, retrouvent dans le calme des champs, leurs forces et semblent nous faire assister à de véritables résurrections. Ce n'est sans doute pas dans une composition chimique différente de cet air qu'il faut chercher son efficacité, peut-être dans sa plus grande pureté,car nous savons combien sont fréquentes les infections mixtes chez les tuberculeux.

La vraie raison de cette efficacité de l'air pur trouve son explication dans ce fait que la cure d'air doit être faite au repos non seulement physique mais intellectuel : la cure de repos est le complément indispensable de la cure d'air.

Si l'on veut bien examiner le rôle physiologique du

repos, on se rendra facilement compte de son importance dans le régime hygiénique du tuberculeux. Tout d'abord, le repos de l'organe nous apparaît comme une loi générale de thérapeutique. Un organe lésé a besoin de repos. Et ce repos est d'autant plus nécessaire lorsque l'organe malade est le poumon.

La cure de repos est donc le complément indispensable de la cure d'air et d'alimentation. Il ne suffit pas d'alimenter le malade, car ainsi on ne vient au secours, dans le déficit organique, qu'à une cause de la faillite ; on ne doit pas chercher qu'à augmenter les recettes par l'alimentation : il faut réduire les dépenses. Renversant les termes, nous dirons qu'il faut réduire les dépenses d'abord, puis augmenter les recettes. Il semble en effet que les éléments réparateurs apportés par l'alimentation ne puissent être fixés que par l'organisme au repos et qu'au lieu d'acquérir, l'organisme suralimenté qui continue de travailler, de se fatiguer, de se surmener, dépense seulement un peu plus ou augmente le mouvement de désassimilation sans augmenter sensiblement le mouvement d'assimilation. Et ce qui prouve la justesse de ces considérations, c'est que ceux-là qui depuis longtemps cherchaient à augmenter les recettes chez les tuberculeux sans souci de diminuer les dépenses se sont aperçus qu'ils s'acharnaient à une œuvre irréalisable.

Il est une autre raison qui milite en faveur du repos chez les tuberculeux. L'organisme qui travaille produit des toxines en quantité d'autant plus grande que l'effort est plus prolongé. Ces produits toxiques encombrent l'organisme et viennent se surajouter à l'infection tuberculeuse. « Et ce malade qui est déjà infecté quotidien-« nement par les poisons de sa fièvre, par les produits de « résorption des tissus pulmonaires, au lieu d'avoir à « effectuer le travail d'une seule élimination, son or-« ganisme, doit fournir à deux. »

De plus, comme l'ont montré les recherches de Daremberg et de Chuquet, les tuberculeux sont des déséquilibrés de la température ; le moindre effort provoque chez eux une ascension thermique. Le repos aura donc une action contraire à la fatigue, il régularisera la température, calmera la fièvre, en réduisant à leur minimum les échanges organiques et en facilitant l'élimination des déchets de la nutrition.

Ainsi se justifie cette maxime thérapeutique formulée par Dettweiller que la cure d'alimentation doit se faire au repos et à l'air pur.

Si nous nous sommes quelque peu arrêté à parler de la cure d'air et de repos, c'est pour bien établir que les trois facteurs de la cure diététo-hygiénique du tuberculeux sont intimement unis entre eux. Il est facile de comprendre que le rôle réservé à l'alimentation sera très grand et digne d'attirer et retenir l'attention des médecins en ses moindres détails. Bien alimenter le malade ne va pas signifier le gorger de nourriture à tort et à travers. Mais au contraire chercher à obtenir le maximum d'effet en limitant au minimum la fatigue des voies digestives.

C'est à l'alimentation que le malade va demander de fournir aux pertes journalières de son organisme, et non seulement d'équilibrer ses recettes et ses dépenses mais encore de « constituer et entretenir dans l'économie, une « provision de principes alimentaires où les cellules pui- « sent ce qui leur convient. »

Pour être véritablement rationnelle, l'alimentation doit donc s'inspirer tout d'abord de la connaissance des pertes de l'organisme. C'est à cette étude que nous consacrerons notre prochain chapitre.

CHAPITRE II

« Le liquide urinaire est l'expression générale des actes accomplis dans l'économie tout entière. » (Ch. Robin.) L'excrétion urinaire est faite en totalité des déchets de la nutrition, elle exprime donc, si nous savons l'interpréter, la valeur de la nutrition dans son ensemble.

Les éléments contenus dans l'urine sont les uns minéraux, les autres organiques et parmi ces derniers, les plus importants sont azotés.

Les éléments minéraux sont représentés par :

Des chlorures,

Des sulfates,

Des phosphates,

Des carbonates et des bicarbonates d'alcalis et de terres alcalines. Que deviennent ces éléments minéraux dans la tuberculose ?

Pour ce qui est des chlorures, Stokvis, Gautrelet ont montré que les tuberculeux en éliminent de grandes quantités par les urines au début de leur maladie. Les urines en renferment jusqu'à 17 à 18 grammes par jour, l'augmentation dans l'élimination cesse momentanément s'il se produit quelque complication inflammatoire.

L'excrétion des sulfates est peu modifiée. Stokvis a vu aussi que les urines des tuberculeux renferment un grand excès de chaux et de magnésie. Mais l'analyse de l'excrétion urinaire est surtout intéressante au point de vue des phosphates.

M. Teissier (1) a noté ce fait que les phtisiques éliminent une grande quantité d'acide phosphorique, principalement sous forme de phosphates alcalino-terreux. Pour lui cette modalité particulière de la nutrition caractérisée par cette élimination exagérée, serait l'une des causes principales de la polyurie des tuberculeux. Dans ces conditions, la quantité d'urine peut atteindre 5 litres et l'acide phosphorique varie de 5 à 10 grammes.

M. A. Robin (2) fait justement observer qu'il est difficile d'admettre que la polyurie soit la conséquence de la phosphaturie, mais il a vérifié l'exactitude des faits avancés par M. Teissier en ce qui concerne la simultanéité de la polyurie et de la phosphaturie.

D'où proviennent ces phosphates ? Pour M. Teissier, cette déperdition exagérée des sels phosphatés au début de la tuberculose semble liée à la déminéralisation du parenchyme pulmonaire, dont le tissu conjonctif contient une forte trame minérale formée de phosphates et de carbonates. William Marcet a démontré que pendant la nutrition normale du tissu pulmonaire, la potasse et les autres

(1) Teissier, *Thèse*, Paris, 1876.
(2) *Archives générales de médecine*, 1894.

bases minérales sont entraînées au dehors de l'organisme par l'acide carbonique sous forme de carbonates, tandis que dans les poumons tuberculeux les bases sont entraînées sous forme de phosphates. Mais ainsi que le fait observer Stokvis (1), il est facile de concevoir combien minime doit être la part des phosphates provenant de cette source.

En réalité les phosphates de l'urine proviennent pour une part des phosphates des aliments et pour une autre part ils se forment aux dépens des combinaisons phosphorées de l'organisme : les lécithines et les nucléo-albumines. La quantité d'acide phosphorique, émis par les urines, peut donner une idée exacte des transactions organiques totales et mesurer pour ainsi dire à un instant donné les dépenses de l'économie (Jolly) (2).

Les nucléo-albumines, les nucléines sont oxydées dans les tissus et parmi les produits de désassimilation résultant de cette oxydation se trouve l'acide phosphorique lequel en présence des carbonates alcalins contenus dans les tissus fournit des phosphates.

Ces substances phosphorées existent uniquement dans les cellules et en particulier dans les globules blancs. Or nous connaissons le rôle de ces derniers dans la phagocytose.

Dès le début de l'infection par le bacille de Koch, le tuberculeux utilise contre lui les leucocytes polynucléaires, puis les mononucléaires.

(1) Stokvis, Congrès Amsterdam, 1879.
(2) Jolly, *Les phosphates*, leur rôle dans l'organisme, 1887.

Les recherches histologiques (1) entreprises pour élucider l'histogénèse du tubercule, montrent qu'au début les bacilles se trouvent à l'état libre dans les tissus. Le premier effet consiste dans l'apparition à leur pourtour d'un exsudat séro-fibrineux comme autour d'un corps étranger, suivie d'une migration plus ou moins énergique de leucocytes polynucléaires, plus abondante peut-être que dans cette dernière éventualité et ne tardant pas à disparaître sans avoir englobé les bacilles.

Puis une deuxième phase qu'on pourrait appeler spécifique, commence avec la réaction des tissus et semble plus spécialement soumise à l'action des toxines des bacilles. Enfin vient l'infiltration des leucocytes mononucléaires. La consommation de ces éléments sera d'autant plus active que le processus toxigène sera plus riche. La nécessité pour le tuberculeux de faire face à ces dépenses de leucocytes se manifeste par une activité particulière de la moelle des os (Josué).

Pour faire face à ces dépenses excessives en phosphore et en substance azotée, les cellules formatives de la moelle empruntent aux réserves osseuses leur phosphore ; quant aux substances protéiques, elles ne peuvent les emprunter qu'aux aliments et à leur défaut aux réserves carnées de l'organisme, en particulier aux muscles.

Le professeur Grancher (1) fait donc justement observer que la déperdition de phosphates des urines donne la mesure de la destruction leucocytaire, c'est-à-dire l'importance des phénomènes de lutte qui se passent dans les

(1) Kostenitch et Wolkow, *Arch. de méd. expérimentale*, 1er nov. 1902.

foyers tuberculeux et en même temps elle donne la mesure de la production leucocytaire, c'est-à-dire des ressources de l'organisme. (1)

Les variations de la déminéralisation pourront donc, selon les circonstances, acquérir, aux yeux du médecin, une valeur favorable ou non.

Les phosphates diminuent-ils avec amélioration de l'état général, cela veut dire que les destructions cellulaires sont moins actives, que le processus tuberculeux s'éteint. Diminuent-ils avec amaigrissement et aggravation de l'état général, cela veut dire que l'organisme s'épuise et que les moyens de défense, les leucocytes s'épuisent. Aussi, voit-on à ce moment, une complication quelconque, comme l'a montré M. A. Robin (2), donner le dernier coup à l'édifice branlant du tuberculeux et précipiter la déchéance avec abaissement du chiffre des déchets urinaires.

De ce qui précède, nous concluons qu'il y a nécessité urgente à fournir au tuberculeux la quantité d'acide phosphorique dont il a besoin ; les phosphates osseux sont vite épuisés, et les tuberculeux ont besoin de grandes quantités de leucocytes parce qu'au niveau des lésions en formation, ils en détruisent beaucoup. Nous avons donc à examiner si les aliments introduits dans l'organisme, fournissent une quantité d'acide phosphorique suffisante.

(1) *Traité de méd.*, Brouardel et Gilbert, t. VII, p. 639.

(2) A. Robin, Nutrition chez les phtisiques, *Soc. méd. des Hôp.*, 1895.

Que deviennent les éléments organiques

Aux phases actives de la maladie, l'urine des tuberculeux renferme à côté du phosphore en excès, des produits de désassimilation, des nucléines : xanthine, hypoxanthine, acide urique, qui témoignent de la désassimilation particulière que nous avons précédemment expliquée. Il y a un excès d'urée.

Coïncidant avec une diminution de l'appétit et des aliments ingérés, ces modifications chimiques de l'urine sont l'indice d'une autophagie qui porte non pas seulement sur les dépôts de graisse des tissus, mais sur la chair musculaire elle-même. Et cette autophagie se manifeste d'une façon visible par la diminution des masses musculaires.

Mais il est facile de comprendre que si, au début de la maladie, il y a ainsi un excès de matériaux solides dans l'urine traduisant la résistance de l'organisme à l'infection, à la période ultime, la matière organique étant usée, il y a au contraire une diminution progressive des matériaux solides.

La quantité d'urée excrétée diminue graduellement avec les progrès de la maladie, la déchéance de plus en plus grande le fait suffisamment comprendre. Mais plus encore que le degré de la maladie, l'état du malade influe sur la production de l'urée, et suivant que cet état s'améliore, reste stationnaire ou diminue, l'urée augmente, reste stationnaire ou diminue (1).

Ainsi, l'analyse de l'excrétion urinaire du tubercu-

(1) Audiganne, *Thèse*, Paris. 1857.

leux nous indique qu'il y a nécessité à combler chez lui les pertes en azote et en acide phosphorique.

Nous allons donc étudier tout d'abord comment nous pouvons azoter le tuberculeux, puis nous examinerons si les aliments apportent une quantité d'acide phosphorique équivalente aux pertes que nous avons notées.

Mais tout d'abord nous dirons quelques mots des aliments simples et de la ration d'entretien chez l'homme normal.

CHAPITRE III

Des aliments. De la ration d'entretien

Les organes sont dans toutes leurs parties en état constant de renouvellement ; c'est une succession ininterrompue d'écroulements et de restitutions, d'usures et de réparations. D'une part, l'activité fonctionnelle des êtres vivants a pour condition nécessaire l'usure des tissus et celle-ci aboutit à la formation des déchets qui sont déversés au dehors ; d'autre part, ces pertes sont sans cesse réparées par l'apport de matériaux nouveaux, venus du dehors et adaptés à l'organisme par le travail de réparation, « On saisit donc, suivant l'expression de « Claude Bernard, comme un courant de matière qui « traverse incessamment l'organisme, et le renouvelle « dans sa substance en le maintenant dans sa forme. »

Ces substances nouvelles, introduites dans l'organisme et dont l'ensemble représente pour nous le double apport de matière et d'énergie nécessaire à la vie, sont les aliments.

Et avec Richet et Lapique, nous définirons les aliments en disant que ce sont des substances introduites dans l'organisme 1° pour subvenir aux dépenses en énergie ; 2° pour fournir des matériaux de croissance et de réparation.

Les substances sont fournies à l'homme sous forme de mélanges complexes, empruntés aux tissus des végétaux et des animaux. Ces mélanges qui représentent les aliments composés sont formés par l'association d'un nombre considérable de principes immédiats minéraux et organiques, mais dont quelques-uns seulement ont le caractère d'aliments. Ceux-là sont dits aliments simples. Comment classer les aliments ?

Richet (1) classe ainsi les aliments d'après leur constitution clinique :

1° Aliments ne contenant pas de carbone ou inorganiques : azote, sels, eau.

2° Aliments contenant du carbone ou organiques. Ce second groupe comprend une première subdivision :

α) Aliments organiques ne contenant pas d'azote.

β) Aliments organiques contenant de l'azote.

Le groupe α se subdivise lui-même en deux groupes. :

I. Aliments organiques non azotés dont l'hydrogène et l'oxygène sont dans le rapport (en volumes gazeux) de 2 à 1 ; ce sont les hydrates de carbone ;

II. Aliments organiques non azotés, contenant de l'hydrogène dans des proportions plus grandes (par rapport à l'oxygène) que dans les hydrates de carbones ; ce sont les aliments gras.

Bien que jamais ou presque jamais, nous n'absorbions

(1) *Dict. de physiologie*. Aliments. p. 300 t. I,

de principes simples, tels que de l'albumine pure, des hydrates de carbone purs, il est indispensable pour établir le bilan de la nutrition, d'étudier les besoins de l'organisme pour chacun de ces principes.

Albuminoïdes. — Parmi les matériaux organiques qui constituent les tissus des animaux les matières albuminoïdes représentent la masse la plus considérable. Elles forment la partie essentielle de tout protoplasma cellulaire. Le sang, la lymphe, le lait en contiennent des proportions considérables,

Selon Liebig, les albuminoïdes constituent seuls toute la charpente de la matière organisée. Les graisses, les hydrocarbones sont simplement incorporés à cet agrégat organisé qu'ils imbibent comme une éponge et auquel ils peuvent être soustraits sans qu'il en résulte aucune modification des formes. Par le fait de l'activité vitale et spécialement du travail musculaire, l'albumine de ce substratum morphologique se désorganise en fournissant ainsi l'énergie nécessaire à la production du travail et c'est cette perte en albumine organisée qui doit être couverte par les albuminoïdes de l'alimentation. Ces dernières sont pour Liebig l'aliment par excellence. plastique en même temps que dynamogène, c'est-à-dire apportant à la fois la matière qui répare et accroît les tissus et l'énergie qui est dépensée par le fonctionnement et l'usure de ces tissus. Quant aux graisses, et aux hydrates de carbone, leur rôle est plutôt secondaire. Ces substances sont brûlées par l'oxygène introduit dans le sang, elles représentent les aliments respiratoires ou thermogènes.

Cette théorie a été profondément modifiée mais le fait capital déjà établi par Magendie et si bien exposé par Liebig, à savoir l'importance spéciale de l'aliment azoté subsiste pleinement, bien qu'avec une signification différente. Les albuminoïdes restent l'aliment de premier ordre, le seul qui ne puisse être remplacé par aucun autre, tandis que les graisses et les hydrocarbones peuvent se suppléer réciproquement dans des limites très étendues. C'est aussi l'aliment azoté qui par l'importance et la variété de ses produits de désassimilation se trouve placé au premier rang de l'alimentation (Lambling).

Quelle est donc la composition centésimale des protéiques ? elle oscille entre les limites que voici :

C......	50,0 à 55,0
H......	6,5 à 7,5
Azote..	15,0 à 19,0
S......	0,4 à 5,0
O.	19,0 à 24,0

Certaines protéiques contiennent en outre du phosphore (de 0,4 à 0,8 pour 100), du fer (de 0,33 à 0,50 pour 100) ; elles renferment toujours des matières minérales : acide phosphorique, chlore, calcium, magnésium, et sans doute aussi du fer, que l'on considérait jadis comme des impuretés mais que l'on tend de plus en plus à considérer comme faisant partie intégrante de la molécule elle-même (Gautier).

Hydrates de carbone. — Ils forment la partie la plus importante des aliments d'origine végétale. Ces substances répondent à la formule générale $C^4(H^2O)$, c'est-à-dire que à côté du carbone, ils renferment l'hydrogène et l'oxygène dans les proportions nécessaires pour la formation de l'eau.

Nous verrons leur rôle dans un chapitre ultérieur.

Graisses. — Les graisses sont essentiellement constituées par un mélange en proportion variable de trois éthers neutres de la glycérine : la tristéarine, la tripalmitine, la trioléine. Comme nous l'avons vu. Liebig avait classé les graisses dans les aliments respiratoires, ne leur assignant en réalité que cette fonction. Il est loin d'en être ainsi si les graisses renferment une énergie latente considérable qui est utilisée avec profit comme source de chaleur et plus encore comme source de travail, elles ont un rôle important quoique indirect. Elle jouent vis-à-vis de l'albumine le rôle d'aliments d'épargne.

Ration d'entretien. — Déterminer en quelle quantité ces substances sont nécessaires pour couvrir les besoins de croissance et de réparation de l'organisme, c'est fixer la ration alimentaire d'entretien c'est-à-dire la quantité et la proportion de substances des trois ordres (aliments azotés, hydrates de carbone, graisses), indispensables pour entretenir la vie et subvenir aux dépenses de l'organisme sans qu'il gagne ni perde de poids, ses éléments constitutifs demeurant entre eux dans un rapport physiologique avec une structure et une composition normale.

D'après Munck, la ration moyenne pour un adulte de poids moyen au repos est en

Albumine	100 gr.
Graisses.	50 gr.
Hydrates de carbone . .	450-500 gr.

pour un sujet accomplissant un travail modéré :

Albumine	100 gr.
Graisses.	56 gr.
Hydrates de carbone. .	500 gr.

M. A. Gautier prenant la moyenne des différents auteurs est arrivé à la formule suivante :

Albumine.	100 gr.
Graisses.	45 gr.
Hydrates de carbone . .	375 gr.

M. le professeur Maurel, donne pour la ration d'entretien (en diminuant graduellement de la saison froide à la saison chaude) 1 gr. 50 de substances azotées par kilogramme de poids, 1 gr. de graisse par kilogramme de poids. Les aliments ternaires doivent être dans la proportion de 1 à 4.

En fait, l'alimentation des sujets en bonne santé indépendamment des différences dans la situation sociale, le régime adopté et les conditions diverses de l'existence, suffit largement à assurer à l'économie la quantité de matières azotées, de graisses et d'hydrates de carbone nécessaire à son entretien et Forters a fait judicieusement observer que sans savoir ni chimie ni physiologie, le genre humain a réussi à se maintenir et à se multiplier et qu'en conséquence il se nourrissait suffisamment.

Ainsi que nous l'avons vu, en les définissant, les aliments ont une double fonction : réparer l'usure de l'organisme et fournir à l'être vivant l'énergie indispensable à son fonctionnement.

La réparation de l'usure organique est surtout le fait de

l'albumine et dans cette fonction elle ne peut être suppléée par rien. Il est un minimum d'albumine nécessaire avec lequel on peut conserver l'individu en bon état de nutrition. Mais tous les groupes d'aliments sont par leur combustion intra-organique des producteurs d'énergie et on conçoit qu'ils puissent se substituer à ce point de vue les uns aux autres. Les trois catégories d'aliments simples représentent à poids égal des quantités d'énergie très différentes et que l'on peut exprimer par le nombre de calories fournies par la combustion totale de l'unité de poids de chacune d'elles. Les valeurs moyennes que voici sont adoptées de la majorité des physiologistes (1) :

Albumine	4,1 calories
Graisse	9,3 »
Hydrate de carbone. . .	4,1 »

La notion si féconde de l'isodynamie a été introduite en physiologie et expérimentalement démontrée par Rubner. En effet, si le besoin d'une certaine somme totale de calories existe pour l'organisme, indépendamment du besoin de substances chimiques déterminées, on peut prévoir théoriquement que cette quantité d'énergie pourra au moins, dans une certaine mesure, être empruntée indifféremment à l'une ou à l'autre catégorie, pourvu que l'énergie totale, formée par la ration, puisse couvrir la totalité des dépenses. De plus, la substitution d'un aliment simple à l'autre devra être possible dans le rapport des énergies calorifiques que représentent ces aliments. Les expériences faites par Rubner ont

(1) Lambling : *Traité de Pathol. générale*, T. III, P. 21,

fourni des résultats en accord remarquable avec la théorie, avec cette seule restriction que pratiquement il y a un minimum d'albumine qui ne peut être en aucune façon remplacé par les autres aliments (1).

Nous n'insisterons pas davantage sur la théorie de l'isodynamie des différents aliments. Mais on conçoit facilement de quelle utilité est cette connaissance de l'isodynamie dans la diététique et quel service peut rendre cette notion dans l'élaboration du régime alimentaire des tuberculeux, puisqu'il sera permis en cas d'intolérance gastrique de substituer l'une de ces substances à l'autre.

Nous connaissons la ration alimentaire d'entretien chez le sujet sain. Cette ration sera-t-elle suffisante pour le tuberculeux ? Le bilan nutritif du terberculeux est celui d'un sujet soumis à des déperditions en azote et en calories plus grandes qu'à l'état normal, et dont les apports nutritifs en azote et en carbone sont inférieurs à la normale (2).

Le tuberculeux, pour rétablir son équilibre nutritif, a besoin d'une plus grande quantité de nourriture que s'il se trouvait à l'état sain dans les mêmes conditions d'état statique ou dynamique de son corps.

Il importe donc tout d'abord d'élever les apports nutritifs au taux des dépenses — ce qui constituera la ration d'entretien.

Mais, comme d'autre part, le tuberculeux est exposé

(1) Lambling, *Encyclopédie chimique* de Frémy. Les Echanges nutritifs, p. 443.

(1) *Traité de Méd.*, Brouardel et Gilbert, t. VII, Tuberculose.

du jour au lendemain à une nouvelle atteinte d'intoxciation tuberculeuse, qui augmentera ses dépenses, comme il doit faire un appel incessant à ses réserves albumineuses pour fabriquer des leucocytes chargés de détruire l'agent infectieux et de cicatriser les lésions une fois formées, la ration d'entretien doit se doubler d'une ration d'épargne ou de guérison dont les éléments constituent une véritable thérapeutique alimentaire.

CHAPITRE IV

Aliments azotés.

Nous savons que la diminution de l'appétit est un des signes fondamentaux du début de la tuberculose pulmonaire. Le tuberculeux se trouve donc, dans la grande majorité des cas, dans la situation d'un animal expérimentalement rationné en état d'inanition incomplète. Dans ce cas, l'animal prélève sur ses propres tissus l'énergie dont il a besoin et il se procure de la sorte un nombre de calories égal à celui que lui apportait sa ration d'entretien. Les réserves d'hydrate de carbone (glycogène) que possède l'organisme sont relativement peu importantes ; elles cessent très rapidement d'entrer en ligne de compte et c'est sur ses matériaux azotés et ses graisses que l'économie doit prélever ce qu'exigent ses dépenses d'entretien.

De même, chez le tuberculeux anorexique, il y a diminution de l'azote ingéré; l'organisme complète la ration insuffisante qui lui est fournie en s'adressant à ses réserves de graisse, puis secondairement à ses réserves d'albumine. La clinique nous donne une confirmation de ces faits chez le tuberculeux : il y a d'abord disparition du pannicule graisseux, puis les muscles diminuent de volume, traduisant ainsi d'une manière réelle les emprunts faits à leur substance pour subvenir aux besoins d'azote de l'organisme.

L'expérience nous montre que tout animal soumis à l'action des toxines tuberculeuses maigrit ; sous l'influence du bacille tuberculeux, qui, d'après Duclaux (1), secréterait un ferment analogue à la trypnie, le malade use sa propre substance. Ainsi d'une part alimentation insuffisante, d'autre part action des toxines.

Il en résulte qu'il y a nécessité pour le tuberculeux de demander une alimentation azotée, de fournir la quantité d'azote nécessaire à son organisme et de combler le déficit d'azote qui découle de son état d'inanition incomplète. Le rétablissement de l'alimentation carnée si celle-ci se fait bien, devra avoir pour effet de ramener le taux de l'équilibre azoté au chiffre normal d'un homme bien portant — ration ordinaire — et devra de plus combler le déficit d'azote ci-dessus signalé : ration supplémentaire.

Mais la solution du problème ainsi posé, n'apparait pas aussi simple en pratique. Va-t-il suffire de donner une alimentation carnée très abondante, pour que aussitôt nous assistions à la réfection des masses albumineuses ? Si la réfection des graisses et des hydro-carbones s'opère très rapidement, sitôt qu'à l'inanition ou à l'alimenta-

(1) Duclaux, *Traité de microbiologie*, t. II, p. 661.

tion insuffisante succède une alimentation convenable, s'il suffit, le besoin d'albumine étant couvert, que la ration apporte un surplus de calories pour que l'engraissement se fasse, la réfection des masses musculaires est un phénomène plus compliqué.

Du fait de son état d'inanition antérieur au régime alimentaire carné, l'organisme du tuberculeux retient avec énergie le moindre surplus d'albumine qui lui est fourni. Mais nous savons que l'apport d'un surplus azoté ne provoque de fixation d'albumine que pendant le court laps de temps dont l'organisme a besoin pour rétablir l'équilibre azoté et qu'une fois cet équilibre azoté rétabli, la désassimilation des matières azotées augmentant, l'équilibre des recettes et des dépenses d'azote se trouve rétabli, toute augmentation d'absorption d'albumine est suivie d'une augmentation de la transformation de celle-ci. Une quantité de viande, quelle qu'elle soit, ne peut déterminer à la longue une augmentation de l'albumine organisée.

Pour réaliser une augmentation de la chair, il faut faire intervenir un agent d'épargne de l'albumine, tel que la graisse ou les hydrates de carbone.

Sans insister ici sur les dangers d'une alimentation carnée exclusive, il ressort que cette alimentation ne peut suffire à elle seule à fixer de l'albumine, ce n'est que dans des cas exceptionnels que se produit exclusivement un emmagasinement d'albumine ; et von Noorden fait ressortir avec raison la disproportion considérable qui consiste, dans ce cas, entre la quantité d'albumine fixe et la masse énorme de graisse dont tout l'organisme a du s'encombrer dans le même temps. Ce n'est qu'un mauvais moyen de faire de la graisse.

C'est que l'engraissement azoté est essentiellement l'expression de ce que l'on peut appeler l'énergie de développement des cellules. Elle est fonction de l'activité cellulaire bien plus que de l'alimentation.

La réfection des masses des tissus n'est que l'expression de la puissance de régénération et de multiplication de ces cellules. Cette manière de voir est justifiée par l'expérience des éleveurs. L'opinion générale est que les animaux de boucherie peuvent être engraissés en ce qui concerne la graisse, non la viande. Le choix de la race et l'amélioration de celle-ci par des croisements heureux, sont dans l'obtention de la viande des facteurs bien plus importants et plus efficaces que l'alimentation. Qu'est-ce à dire, sinon que cette faculté de faire beaucoup de chair musculaire réside dans les qualités propres à la race et à l'individu, et en dernière analyse, dans l'énergie spécifique des éléments cellulaires (1) ?

Si donc les cellules du tuberculeux ont été ou sont encore profondément impressionnées par la toxine tuberculeuse, on se rend facilement compte que malgré une alimentation carnée rationnelle et abondante, le malade ne réalise nul gain d'azote et fait seulement des réserves de graisse.

Ainsi que le dit le professeur Grancher (2), la constatation de ce fait renferme un indice précieux pour le méde-

(1) C. Von Noorden, *Pathologie des stoffwechsels*, p. 120.
(2) Grancher, *Op. cit.*, p. 645.

cin, indice qui lui permet de juger de l'intensité et de la profondeur de l'infection tuberculeuse.

Ces considérations étant dites, nous allons étudier plus en détail les aliments azotés, et plus particulièrement la viande et les diverses préparations qui en dérivent.

La viande

La viande en général, qu'il s'agisse des animaux sauvages (gibier) ou domestiques, est constituée par la chair et les muscles des animaux comestibles. Le tissu musculaire possède chez tous les animaux une même structure histologique ainsi qu'une composition à peu près identique. Mais la viande dite de boucherie est plus complexe : elle comprend outre les fibres musculaires proprement dites et le tissu conjonctif qui les unit, du tissu graisseux, des os, des vaisseaux, des nerfs, des tendons, des aponévroses, de sorte que 100 parties d'une telle viande renferment en moyenne 8,4 parties d'os, 8,6 de graisses, 83 parties de tissu musculaire pur.

La viande contient en proportions spéciales, de l'eau, des matières albuminoïdes, des matières grasses, des hydro-carbones, des sels minéraux. Ce qui particularise la viande, c'est que les matières azotées y sont au maximum. La chair musculaire des animaux de boucherie renferme à peu près un cinquième de son poids de matières albuminoïdes constituées essentiellement par une globuline (myosine), un peu d'albumine, et des substances collagènes. Celles-ci ne représentent environ qu'un dixième de l'ensemble des substances protéiques, elles sont plus abondantes dans la chair des animaux jeunes, le veau par exemple.

La viande des oiseaux comparée à celle du bœuf paraît plus riche en substances albuminoïdes, celle des poissons en contiendrait légèrement moins, et la viande de gibier serait la plus riche en albumine.

D'après Kœnig, la composition de la viande maigre serait pour les différents animaux :

	Bœuf	Veau	Mouton	Porc	Poulet	Esturg.	Ang.
Eau	76,7	78,8	76,8	72,6	76,2	79,6	76,9
Albumine.	20,8	19,9	17,1	17,1	19,7	18,3	13,9
Graisse	1,5	0,8	5,8	6,8	1,4	0,5	5,0

La composition de la chair des animaux engraissés diffère beaucoup de celle indiquée dans le tableau ci-dessus.

	Bœuf		Mouton	Porc gras
	Demi-gras	*Gras*	*gras*	
Eau	72,3	55,4	47,9	47,4
Albumine.	20,9	17,2	14,8	14,5
Graisse	5,2	26,4	36,4	37,3

La chair musculaire contient en outre des substances extractives azotées : créatine-xanthine, hypoxanthine, qui renferment environ un dixième de l'azote total. Elles sont particulièrement abondantes dans la chair des oiseaux et du gibier.

Les substances hydrocarbonées : glycogène et sucre, sont en quantité très minime dans les différentes viandes.

Sels. — La viande renferme des sels dans les proportions pour 100 de :

Potasse	Soude	Chaux	Magn.	Ox. de Fer	Ac. Phos.	Chlore
0.5	0,6	0,01	0,03	0,006	0,25	0,07

Les substances minérales sont constituées pour les deux tiers par du phosphate potassique ; les phosphates de chaux et de magnésie viennent ensuite, le chlorure de sodium en troisième ligne. Une partie de l'acide phosphorique est combinée à l'acide sarceux et se trouve dans le muscle à l'état d'acide phospho-sarceux. La magnésie prédomine sur la chaux.

Valeur alimentaire des différentes viandes

Au point de vue de la valeur alimentaire des différentes viandes il faut tenir compte non seulement de leur richesse en principes azotés mais surtout de la facilité d'absorption de ces principes. MM. Lawes et Gilbert ont établi que de toutes les viandes, la plus économique est la viande de porc dont l'homme utilise les neuf dixièmes de graisse et les huit dixièmes d'albuminoïdes. Mais cette viande est très mal supportée par le tuberculeux; elle procure souvent au malade de l'intolérance, des nausées, parfois même des vomissements. Il faut d'ailleurs chercher la cause de cette indigestibilité dans la grande quantité de graisse que renferme cette viande. La graisse ne trouve dans l'estomac aucune action fermentative ou chimique capable d'en commencer la digestion; elle traverse l'estomac sans subir de modifications et ce n'est qu'au contact de la bile et du suc pancréatique qu'elle est émulsionnée, qu'elle peut être absorbée par la muqueuse intestinale, drainée par les chilifères et finalement assimilée. On conçoit que, chez le tuberculeux dont les voies digestives fonctionnent mal, la présence de la graisse aggrave les troubles dyspeptiques préexistants. La viande de porc ne peut donc entrer d'une manière régulière dans l'alimentation du tuberculeux.

N'était le goût des malades, on ne devrait pas en dire autant de la viande de cheval. Les analyses de Lehmann, de Schlosberger, Petersen, Moleschott (1), ont eu beau montrer que la viande de cheval est très nutritive, pouvant contenir jusqu'à 24 0/0 de substances albuminoïdes, elle n'est pas encore beaucoup consommée. La digestibilité est sensiblement égale à celle de la viande de bœuf. Malheureusement l'éducation de la classe aisée reste à faire à ce sujet, et à moins d'user de subterfuge, nous ne croyons pas, que chez les tuberculeux aisés, on puisse la donner sans faire naître un sentiment de répugnance que l'on doit leur éviter.

Nous ne faisons pas grand cas de la viande de veau, de cette chair fade contenant plus d'eau et de substances collagènes, et moins d'albumine et de graisse que la viande de bœuf, et à fibres musculaires coriaces pour peu que le veau soit âgé. Cette viande, de par sa constitution, serait facile à digérer si elle se prêtait à être mangée crue, tandis que l'apprêt culinaire rend la viande

(1) Arnould, *Nouveaux éléments d'hygiène.*

de veau peu digestible chez les tuberculeux dyspeptiques.

Exception toutefois peut être faite pour le ris de veau. Constitué par deux lobes blanchâtres, accolés au bas de la trachée, de digestibilité parfaite, le ris de veau a une valeur alimentaire notable ; il renferme pour 100 :

Eau	70	0/0
Matières albuminoïdes.	25	0/0
Graisse	0.25	0/0

Poissons. — Il n'y a pas lieu de faire pareille exclusion pour les poissons. Certes leur chair est plus aqueuse, et moins riche en substances albuminoïdes que la viande de boucherie, quoiqu'ils en renferment au moins 12 gr. et le plus souvent 14-16 gr. La quantité de graisse y est très variable.

Au point de vue de la digestibilité, il y a lieu de les diviser en deux classes : les poissons maigres tels que le brochet, la perche, la sole, peuvent être rangés dans les aliments les plus légers et particulièrement recommandables aux tuberculeux dyspeptiques. Les poissons gras tels que le hareng, le saumon, le maquereau sont au contraire très indigestes.

La meilleure manière de préparer le poisson est l'ébullition. On peut aussi le manger frit en laissant de côté la peau. L'addition de beurre diminue la digestibilité.

Parmi les mollusques, on peut citer les huîtres ; leur valeur alimentaire n'est pas insignifiante, une douzaine d'huîtres renferme 15 grammes de substances azotées et 1 gr. 5 de graisse. Elles sont d'ailleurs très facilement digestibles; sont très agréables au goût même pour les anorexiques et stimulent l'appétit au lieu de le calmer. Cette action est due sans doute à la haute teneur des huîtres en substances extractives (jusqu'à 6, 5 0/0 dans certaines huîtres).

Les reproches que nous adressions tout à l'heure à la viande de porc, ne doivent pas être adressés au jambon. Le jambon salé renferme d'après Cathelin et Lebrasseur :

Eau..............	62,6 0/0
Matières azotées...	22,3 0/0
Graisse............	8,7
Sels minéraux.....	6,4

le jambon fumé :

Eau..............	65,3 0/0
Matières azotées...	28
Graisse...........	6,10
Sels minéraux.....	7,8

Le jambon constitue un mets très agréable qui doit avoir une place dans l'alimentation des tuberculeux par suite de sa teneur en matières azotées et en sels minéraux. On donnera la préférence au jambon blanc bien maigre.

Mais parmi toutes les viandes, bœuf, mouton, veau, poisson, nous faisons plus volontiers appel, pour réaliser notre ration azotée, aux viandes de bœuf et de mouton. Elles contiennent, nous l'avons vu, 18 à 20 0/0 de principes albuminoïdes ; sont facilement ingérées et digérées. La viande de bœuf est la plus consommée : elle renferme d'ailleurs les meilleures proportions de principes azotés, de gélatine, elle est plus facilement digérée que la viande de mouton, ce qui tient à sa moindre teneur en graisse et à ce que le point de fusion de la graisse de bœuf est moins élevé que celui de la graisse de mouton. Nous donnerons donc la préférence à la viande de bœuf, sans exclure toutefois la viande de mouton d'une manière rigoureuse.

Comment donner la viande ?
Faut-il préférer la viande crue ou cuite ?

La viande crue est un aliment d'une digestibilité parfaite, mais fade et peu agréable. La cuisson rend la viande plus agréable ; l'action de la chaleur rayonnante, sur la surface, provoque la formation de matières sapides et odorantes qui rendent la viande rôtie particulièrement savoureuse. Par le fait de la cuisson, il se forme autour de la viande une enveloppe imperméable qui lui fait conserver la plus grande partie de ses substances solubles et extractives qui lui assurent une digestion facile. La viande est d'ailleurs de tous les aliments usuels, celui qui stimule au plus haut degré la sécrétion gastrique. La digestibilité en est d'autant plus grande que la cuisson est moins prolongée.

On n'aurait donc aucune peine à faire accepter aux tuberculeux la viande cuite, même légèrement cuite ; mais il n'en va plus de même lorsqu'on leur parle de viande crue. C'est là un instinct très malheureux, car il semble bien acquis et d'une façon irréfutable que l'emploi de la viande crue, dans le traitement de la tuberculose pulmonaire, est supérieur à l'usage de la viande cuite. Depuis longtemps, les cliniciens ont reconnu l'efficacité thérapeutique de l'ingestion de viande crue dans la tuberculose pulmonaire. En 1866, Furster de Montpellier avait rassemblé deux mille cas de phtisie, traités par l'ingestion de viande crue et d'une petite quantité d'alcool, et il signalait une amélioration considérable chez tous ses malades.

Avant Furster, Weiss de Saint-Pétersbourg avait également noté les bons effets thérapeutiques que les tuberculeux retiraient de l'ingestion de viande crue.

Plus près de nous, sous l'impulsion de Grancher (1) de Debove (2), de Daremberg (3), la viande crue a une place à part dans l'alimentation du phtisique. M. Grancher insiste sur l'action merveilleuse de la viande crue qui est due aux substances azotées qu'elle renferme... d'où son efficacité quasi-spécifique...

Daremberg s'exprime ainsi : « La viande crue est un « aliment de premier ordre. Quand selon les préceptes « de Furster, après l'avoir râpée avec un couteau et « pilée dans un mortier, on l'écrase sur un tamis, on « obtient une pulpe qui présente à l'estomac des fibres « musculaires extrêmement divisées, les surfaces de con- « tact de l'aliment avec le suc gastrique sont multipliées « et cette préparation est très facilement assimilable...

(1) Grancher, *Bull. médical*. 1896.
(2) Debove, *Semaine médicale*. 1883.
(3) Daremberg, *Traitement de la Phtisie pulmonaire*.

« La viande crue permet aux phtisiques qui s'alimentent « mal de réparer leurs forces et de guérir. »

Aussi depuis près de quarante ans, on se servait avec succès de la viande crue dans le traitement de la tuberculose pulmonaire. S'inspirant sans doute de ces tentatives heureuses, MM. Richet et de Héricourt (1) ont montré que chez les animaux, l'alimentation carnée exclusive est suivie de résultats très favorables. Leurs expériences portent sur plus de 300 chiens. Voici comment ils procèdent : ils inoculent dans la veine saphène tibiale des chiens du poids moyen de 10 kilogrammes, un demi-centimètre cube d'une émulsion bien homogène de culture liquide de tuberculose vieille de deux à trois mois d'étuve. Un lot des animaux ainsi inoculés est laissé comme témoin ; un autre est soumis à l'injection de viande crue. Les chiens du premier groupe succombent tous dans l'espace de 4 à 5 semaines ; ceux du second groupe, au contraire, présentent une survie des plus notables (300 jours environ) et un certain nombre de ces animaux ont résisté l'un deux ans et demi, les autres un an et sept mois. Jamais, chez un chien tuberculisé et non traité, ajoutent MM. Richet et de Héricourt, on n'observe de pareille survie.

La viande cuite ne donne aucun résultat.

Les quantités de viande crue ingérée ou de suc correspondant à la dose thérapeutique efficace ont été de 12 gr. de viande crue ou de suc correspondant, par jour et par kilogramme d'animal.

(1) *Bull. de l'Académie*, 1899. 28 novembre.

On obtient le suc de viande crue par l'expression à l'aide de puissantes presses, ou bien, on fait congeler la viande et on l'abandonne ensuite au dégel. Le suc ainsi obtenu contient tous les éléments du plasma musculaire ainsi que le montre l'analyse chimique.

De leurs expériences, MM. Richet et de Héricourt, concluent à une action pour ainsi dire spécifique, préventive et thérapeutique de la viande crue ou du suc de cette viande crue.

Quelle interprétation pathogénique, ce fait peut-il recevoir ?

M. Richet pense que c'est par un phénomène d'opothérapie que l'action de la viande crue s'exerce, soit qu'il y ait dans le tissu musculaire une substance qui s'oppose au développement de la tuberculose, soit que cette substance exerce ses effets sur le système nerveux en activant les phénomènes de la nutrition. D'après M. Richet, ce sont les principes solubles dans l'eau qui représentent la partie active de la viande ; il ne peut donc s'agir ici d'un phénomène de suralimentation ni même d'alimentation, la quantité d'azote contenue dans le plasma étant très faible, il s'agit véritablement d'un phénomène d'opothérapie musculaire.

Une seconde hypothèse est encore émise par M. Richet et de Héricourt. Rapprochant ces faits de ceux qu'ils avaient observés dans le traitement de l'épilepsie par bromuration avec hypo chloruration, ils admettent que les cellules de l'organisme deviennent inaptes à absorber les substances toxiques de la tuberculose si elles sont surchargées des produits toxiques résultant de la digestion de la viande.

M. Chantemesse (1) n'est pas éloigné de croire que les sucs musculaires agissent indirectement en favorisant l'alimentation par excitation de l'appétit et que si les chiens augmentent de poids et guérissent leur tuberculose, ces effets heureux doivent être attribués à la suralimentation.

M. Malassez (2) établit une relation entre la rareté de la tuberculose des muscles et l'efficacité du suc musculaire vis-à-vis de cette infection. Peut-être, le suc musculaire contient-il des substances nuisibles au développement des bacilles. Il y aurait intérêt, ajoute M. Malassez, à traiter les animaux rendus tuberculeux, par le tissu musculaire ou le suc musculaire d'animaux de même race, de même espèce.

M. Bouchard (3) élargit le problème. La viande et les aliments, en général, n'agissent pas seulement par la quantité d'énergie qu'ils peuvent dégager ; ils peuvent ou substituer dans certaines cellules des parties nouvelles aux parties anciennes, ou se fixer dans la cellule et devenir matières vivantes, ou au contraire servir seulement à la désagrégation cellulaire et traverser l'organisme sans se fixer. Dans un cas, action d'énergie, dans l'autre, action trophique. Ce sont les lois de l'assimilation.

(1) Comptes-rendus de la *Soc. de biologie*, 28 juin 1900.
(2) *Ibid.*
(3) *Ibid.*

Or nous savons depuis longtemps, ajoute M. Bouchard, que les animaux possédant le plus d'immunité naturelle sont les carnivores. Donner de la viande crue à un carnivore peut donc servir à augmenter davantage encore son immunité naturelle.

Ainsi, de par la clinique et les dernières recherches expérimentales (1), il semble acquis que la viande crue possède dans le traitement de la tuberculose non pas seulement une valeur comme aliment, mais exerce une action quasi-spécifique, anti-toxique contre le bacille de Koch.

Comment instituer le régime de la viande crue.?

Pour les raisons que nous avons déjà indiquées, la viande de choix pour ce régime est celle de bœuf. On commencera par la donner en nature ; mais il arrivera un moment où pour vaincre la répugnance du malade, il sera nécessaire de faire appel à différents artifices de préparation. Quels sont donc ces artifices ? La meilleure manière est sans contredit de donner la viande crue à l'état de pulpe. Le tuberculeux est très souvent hypochlorhydrique, et il faut se souvenir que chez les hypochlorhydriques, le sarcolemme et le tissu conjonctif interstitiel de la viande sont très difficilement digérés.

Le morceau le plus recommandable est cette portion de la cuisse que l'on appelle le romsteack ; la direction longitudinale des fibres musculaires permet facilement le râpage. Le morceau de viande tenu par une extrémité

(1) Prof. Cornil et Chantemesse, *Communication au Congrès de Londres*, juillet 1901.

est placé sur un plan légèrement résistant et légèrement incliné dans le reste de son étendue.

A l'aide d'un couteau à lame mousse, on racle la surface de la viande en enlevant à mesure la trame fibreuse de façon a obtenir de longs filaments musculaires. On pile ensuite ces raclures, et on passe au tamis.

La pulpe ainsi obtenue est homogène et ne contient pas de grumeaux ni de filaments.

Elle est souvent acceptée telle quelle, avec un peu de sel, par les malades. Mais si elle provoque de la répugnance, il peut être bon d'avoir recours à plusieurs manières de la présenter.

1° On peut la rouler en petites boulettes de 4 à 5 grammes que l'on saupoudre de sucre.

2° Tantôt on l'incorpore à des confitures de groseilles ou bien à des compotes de fruits.

3° On peut faire des purées de viande et de légumes, lentilles, pommes de terre, épinards.

4° On peut mélanger la pulpe à des jaunes d'œufs, à des œufs brouillés.

5° Il est un excellent moyen que recommande Laborde, c'est le tapioca médicinal. La pulpe est délayée dans une petite quantité de bouillon froid jusqu'à ce que le mélange soit complet et prenne l'aspect d'une belle purée de tomates. On verse ensuite dans cette préparation un potage au tapioca peu épais que l'on a laissé refroidir à la température voulue pour la consommation, en ayant soin de tourner constamment le mélange à l'aide d'une cuiller.

On peut plus simplement encore, délayer 50 grammes de viande crue hachée et morcelée, dans une assiette de bouillon froid qu'on chauffe ensuite au bain-marie jusqu'à 30-35°, c'est-à-dire à une température simplement tiède. Dans ces conditions on a, pour employer l'expression du docteur Laborde, une véritable purée de viande, où la viande n'est pas cuite extérieurement ainsi que cela se passe quand on verse la pulpe dans du bouillon très chaud.

La pulpe de viande crue, se prête donc à des préparations variées qui permettent de la faire prendre sans répugnance. On a reproché à la viande de bœuf, le danger de l'ingestion du tænia. Certains médecins ont même renoncé sans esprit de retour à la viande crue de bœuf (Pujade). Or comme le fait remarquer le professeur Grancher, outre que les chances de prendre le tænia sont assez minimes, c'est un parasite dont on se débarrasse facilement, et il ne convient pas pour cette raison de donner la préférence à la viande de mouton.

A quelle dose convient-il de donner la viande crue ?

Nous avons vu que dans les expériences de MM. Richet et de Héricourt, la dose pour ainsi dire spécifique avait été de 12 grammes par jour et par kilogramme d'animal. Si nous appliquons ces chiffres chez l'homme, nous voyons que pour un individu de 60 kg., nous serons conduits à lui faire ingérer 720 grammes de viande crue. Y a-t-il nécessité à faire prendre pareille quantité de viande crue ?

Il faudrait tout d'abord que l'organisme puisse supporter pareille quantité d'aliments azotés, et à supposer que cela fût possible pendant quelques jours, il y aurait certes un moment, où pour employer l'expression pittoresque du Dr Pujade, le malade fuserait par en haut et par en bas, par le vomissement ou par la diarrhée.

Et puis chez le tuberculeux, déjà infecté par les produits de la fièvre, y a-t-il avantage à surcharger ses fonctions d'élimination ? Nous savons en effet combien nombreux sont les produits de désassimilation des albumines. En envisageant toute la complexité de la molécule d'albumine, on s'explique l'infinie variété des produits que peut engendrer dans l'organisme la régression des matières protéiques. De ce complexus dérive toute la série des corps azotés de désassimilation : urée, acide urique, créatine, corps xanthiques, acides biliaires, et toutes ces substances alcaloïdiques, ptomaïnes, leucomaïnes et corps analogues que la chimie découvre tous les jours.

Nous avons fait observer également que la fixation de l'albumine n'est pas un phénomène purement mécanique, mais dépend en grande partie de l'activité de régénération de l'organisme.

Il nous est donc facile de dire que si la viande crue constitue un adjuvant précieux dans le traitement de la tuberculose pulmonaire, son emploi doit être surveillé et réglementé.

On commencera par de petites doses, et il semble qu'il y ait tout avantage à ne jamais dépasser plus de

300 grammes par jour. Ce faisant, on considère la viande crue plutôt comme un remède prescrit à titre de supplément de l'alimentation ordinaire et non à sa place.

Nous aurons occasion de montrer que certains aliments, les féculents par exemple, renferment de grandes quantités de matières azotées, et permettent de fournir à l'économie, sa ration d'albumine tout en variant à l'extrême le nombre des préparations culinaires.

Jus de viande.

De la pulpe de viande, il convient de rapprocher le jus de viande obtenu par trituration et expression de la viande. Ce n'est pas à dire que sa valeur alimentaire soit égale à beaucoup près à celle de la viande râpée. Les travaux de A. Gautier ont montré que sa composition chimique le rapproche du bouillon, qu'il renferme surtout de l'eau, des sels minéraux, des bases créatiniques et xanthiques, des matières colorantes et une certaine proportion de matières albuminoïdes.

Bouillon de viande.

Peu d'aliments ont été successivement aussi prônés et aussi décriés que le bouillon. Il passa pendant un temps pour contenir sous une forme facilement assimilable la plus grande partie des éléments nutritifs de la viande. Telle est encore l'opinion courante. L'expérience en démontre l'inexactitude : si on maintient deux chiens, l'un en inanition absolue, l'autre avec du bouillon de viande pour unique alimentation, le second meurt aussi vite et parfois plus vite que le premier.

La valeur nutritive du bouillon est donc illusoire. D'autre part les travaux de Bouchard, en attirant l'attention sur le rôle pathogénique considérable joué par l'intoxication alimentaire, ont augmenté le discrédit de cet aliment. Renfermant toutes les substances solubles de la viande, on s'est habitué à le considérer comme une « solution de poisons » et on a proclamé son usage non seulement inutile mais nuisible. Il y a là une exagération, on a eu tort de conclure de l'effet des injections intraveineuses à celui de l'ingestion, et il semble qu'actuellement il se fasse un changement dans l'opinion médicale au sujet de la valeur du bouillon.

Quelle en est la composition ?

Avec un kilogramme de viande de bœuf on prépare environ 2 litres 1/2 de bouillon qui renferme d'après A. Gautier par litre :

Peptones	5 gr. 3
Albumoses	0 — 5
Gélatine	1 — 7
Bases créatiniques et xanthiques	1 — 2
Inosite et glycogène	1 — 4
Matières extractives	5 —
Sels minéraux	4 — 1
	19 — 2

Les sels minéraux sont constitués surtout par du phosphate et du chlorure de potassium. Il faut ajouter à ces substances dissoutes 2 à 3 grammes de graisse par litre qui surnage sur le liquide et constitue les yeux du bouillon.

Action excitante du bouillon.

Certes d'après cette analyse, il est facile de se rendre compte que le bouillen constitue un aliment de peu de valeur nutritive. Mais de ce que le bouillon n'est pas un aliment, il n'en résulte pas qu'il soit inutile et qu'on doive renoncer à son emploi. Il agit sur l'organisme comme un excitant et il doit sans doute cette action à ses matières extractives, à ses bases créatiniques et xanthiques sans valeur alimentaire et à ses sels de potasse. Le mécanisme en est comparable à l'action excitante de la caféine et cela n'a rien de surprenant, car certaines substances du bouillon (xanthine) appartiennent à la même famille chimique.

Outre cette action excitante et tonique, le bouillon possède la propriété d'exciter la sécrétion du suc gastrique. C'est le type des aliments peptogènes de Schiff et, à ce titre, il est utile aux tuberculeux hypochlorhydriques et anorexiques. Les tuberculeux l'acceptent très facilement, et il est un excellent véhicule pour leur faire prendre des substances réellement alimentaires : riz, tapioca, pâtes alimentaires, œufs, viande crue.

Nous n'entrerons pas dans le détail de la préparation des différents bouillons. Dans certains cas, on cherche à concentrer l'action excitante du bouillon dans un faible volume. Le type de ces bouillons concentrés est le bouillon américain ou thé de bœuf. Au point de vue médicale il ne diffère du bouillon ordinaire que par sa concentration. Il peut renfermer jusqu'à 73 pour 1000 de substances dissoutes.

Mais il y a encore d'autres modes d'administration de l'alimentation carnée — moyens moins naturels, — mais qui permettent cependant d'introduire de la variété dans le régime du tuberculeux et qui reposent d'une alimentation exclusivement composée de viande crue.

L'une des préparations les plus appréciées sous ce rapport est celle que M. Debove a recommandée dans toutes les formes de dyspepsie et dans le gavage des tuberculeux :

La poudre de viande.

La poudre de viande n'est que de la viande crue desséchée et pulvérisée. Elle a donc au point de vue de la digestibilité tous les avantages de cette dernière, accentués par l'état de fine division du produit. Fraîchement préparée et surtout desséchée par évaporation au bain-marie, la poudre de viande doit être sans saveur avec une odeur agréable de viande. Mais quelque soin que l'on apporte à sa préparation, elle peut subir pendant sa dessication un commencement de décomposition. Elle peut s'altérer postérieurement, si un accident l'expose à l'humidité. Elle trahit souvent cette altération par une odeur de colle forte aigrelette, qui en rend l'emploi difficile.

En général, les produits mis en vente dans le commerce ont une odeur assez désagréable. Mieux valent les poudres de viande qu'on prépare soi-même au moyen des broyeurs-pulpeurs de Collin, de Galante, ou même sans appareil spécial, selon le tour de main indiqué par Tanret. On gratte au couteau de la viande, généralement du romsteack qu'on fait sécher au bain-marie dans un plat creux. Quand la pulpe est devenue jaune et dure on la pile dans un mortier, ou bien on la réduit en poudre au moyen d'un moulin à café dont la vis est très serrée. C'est d'ailleurs une préparation longue et qui exige beaucoup d'attention.

Quelle est la composition de la poudre de viande ?

Elle renferme en moyenne de 75 à 85 grammes pour cent de matières albumineuses, sans qu'il y ait lieu de s'occuper de l'eau ni de la graisse puisque ces deux éléments sont censés avoir complètement disparu par la préparation. — Ainsi par le taux en principes azotés 100 grammes de poudre de viande (à 75-85 0/0) équivalent respectivement à 376 gr. et 425 gr. de viande fraîche.

Les recherches d'Ellinger et de G. Klemperer ont montré que l'utilisation par l'organisme de l'azote contenu dans la poudre de viande est notable. D'après l'un, il est resté, dans des expériences sur des chiens, un gramme d'azote en résidu intestinal, sur les 17 gr. 86 ingérés sous forme de poudre de viande ; pour l'autre, 3 0/0 seulement du produit ne sont pas absorbés, en administrant la poudre de viande à la dose quotidienne de 100 grammes en trois fois.

La poudre de viande est donc un aliment précieux, nutritif et utilisable qu'il y a lieu de faire entrer dans l'alimentation des tuberculeux.

Comment la donner ? — Le meilleur moyen est de la faire prendre dans du bouillon. On la délaie dans le bouillon à raison de une à trois cuillerées à bouche tandis que le liquide est très chaud. Cette recommandation est nécessaire, d'après Cornet, pour détruire les toxines et les germes que renferment les produits commerciaux. On étale au fond de l'assiette la dose totale de poudre de viande et on verse peu à peu, en remuant sans cesse le liquide bouillant. On obtient un potage homogène d'odeur très appétissante.

La *cure de sang*. — Mentionnons, simplement pour mémoire, l'ancienne cure de sang qu'on recommandait au malade d'aller boire fumant à l'abattoir. Cette pratique ne répond à aucune donnée physiologique sérieuse. Le sang est très indigeste ; il ne possède d'ailleurs, même cru, aucune des propriétés toniques qui lui sont attribuées à tort, car l'hémoglobine se transforme au contact du suc gastrique en hématine tout à fait insoluble et inassimilable.

Les extraits de viande.

On croit généralement que les extraits de viande constituent une essence de viande et par une sorte d'illusion provoquée par le mot essence, on est tenté de croire que ces extraits possèdent sous un petit volume une valeur alimentaire égale à celle d'une plus grande quantité de viande. On a longtemps laissé « croire, dit M. Arnould, que l'extrait Liebig est la quintessence de la viande et que la moitié d'un bœuf tient dans un petit pot » ; c'est sur cette illusion qu'est basé en grande partie le mode d'emploi de ces produits très répandus dans l'alimentation.

Quelle en est la composition ?

On avait longtemps admis que les bouillons et extraits de viande ne contenaient, comme substance protéique, qu'une faible quantité de gélatine, le reste de l'azote appartenant à des substances sans valeur intrinsèque et provenant d'une désassimilation très avancée. On ne leur accordait qu'une valeur peptogène due à la présence des bases créatiniques, xanthiques et des sels de K.

Kuhne émit l'avis que les trois quarts des matières organiques qui s'y trouvaient étaient inconnues, et les travaux de Kemmerich, de Salkowski et Gieske, de Slietzer et Gautier, ont bien montré qu'une notable partie de l'azote appartient à des substances protéiques, albumoses et peptones, dont la valeur nutritive est plus grande que celle des albumines puisqu'elles sont déjà un produit de digestion.

D'après Kemmerich, un extrait de viande contient environ le tiers de son poids d'albumine assimilable ; pour A. Gautier cette proportion s'élève jusqu'à 37 pour 100.

Slietzer y admet un mélange de 20 à 22 pour 100 d'albumine et de peptone.

En somme les extraits de viande renferment des substances nutritives de haute valeur. Le plus riche en ces substances est l'extrait Liebig.

Mais pour juger la valeur nutritive des extraits de viande, il ne suffit pas de s'en rapporter aux analyses que nous venons de citer, il faut encore envisager la dose à laquelle on peut les donner. Liebig, Kemmerich, et tous ceux qui se sont occupés de ces produits disent qu'en aucun cas, on ne doit dépasser la dose de 15 grammes, et que la dose journalière moyenne est de 5 à 10 grammes pour l'adulte, de 4 à 5 grammes pour le malade et l'enfant.

Or 5 grammes d'extrait de viande, ne renferment que 1 gramme de substances albuminoïdes solubles. Cette quantité est absolument insuffisante puisque nous savons que la ration journalière minimum d'un homme doit comprendre 100 grammes d'albumine. De sorte que, pour atteindre seulement la ration nécessaire d'albumine, un homme qui voudrait remplacer la viande de son repas par l'extrait de viande, serait obligé de prendre près de 200 grammes de cet extrait.

Valeur de condiment.

On a bien essayé d'augmenter la valeur nutritive de l'extrait de viande en l'additionnant d'une certaine quantité de poudre de viande. Mais en réalité la valeur nutritive de l'extrait de viande, quelle qu'en soit la préparation, est limitée. Voit (1) lui reconnait une certaine valeur, la valeur de condiment, et il ajoute à ce propos que si l'on veut juger la valeur alimentaire d'une substance, il faut envisager successivement sa valeur nutritive proprement dite et sa valeur de condiment. La valeur nutritive d'un aliment est fournie par sa capacité de subvenir aux besoins de l'organisme, c'est suivant la comparaison de M. Voit, le charbon qui brûle dans la machine et lui permet de fonctionner. Par contre la valeur de condiment, qui joue en quelque sorte le rôle d'épices, d'assaisonnement, est distincte de la valeur nutritive, elle rehausse la substance alimentaire, rend l'aliment plus assimilable, pare aux effets désastreux de la monotonie alimentaire.

L'extrait de viande a justement cette valeur de condiment et comme tel, peut être avantageusement donné aux doses indiquées, avec du bouillon, de la soupe, des sauces.

Toutefois, il convient de remplacer l'extrait de viande par quelque chose de plus facilement assimilable, notamment par les préparations de peptones et d'albumoses.

Peptones. — Albumoses.

Leur introduction en thérapeutique et plus spécialement dans l'alimentation de certains malades était parfaitement rationnelle : on voyait dans la peptone une substance ayant une valeur alimentaire considérable et possédant en outre la propriété d'être directement résorbable et assimilable sans exiger un travail préparatoire de

(1) *Munchener Medicine Wochenschrift*, 1897.

la part de l'estomac. De là, la vogue des peptones, dans le cas où la suralimentation étant nécessaire, il y a lieu de donner à l'estomac des substances albuminoïdes ayant déjà subi la digestion pepsique et par conséquent demandant à cet organe un minimum de travail.

Les premières peptones ont été préparées par l'action sur la fibrine du sang ou sur la viande d'un suc gastrique artificiel, c'est-à-dire d'un mélange de pepsine et d'acide chlorhydrique. Dans la suite, on a utilisé d'autres ferments, la pancréatine, le suc du Carica papaya, et on a même eu recours à l'action chimique de l'eau sous pression et des alcalins ou des acides dilués sans aucune intervention de diastases animales ou végétales. Ces modes de préparation sont ceux qui tendent à prévaloir aujourd'hui. L'hydratation de l'albumine s'effectuant à une température élevée, ne s'accompagne pas des altérations microbiennes inévitables au cours d'une digestion diastasique artificielle. Malheureusement, il est très difficile de limiter l'action un peu trop brutale des agents chimiques, et d'éviter une dislocation trop profonde de la molécule albuminoïde.

En réalité, les produits que l'on obtient par l'un ou l'autre de ces procédés ne sont pas de la peptone, mais un mélange en proportions variables de peptones vraies et d'albumoses.

Les peptones commerciales ont été, au point de vue de leur valeur nutritive, l'objet de recherches nombreuses. Les expériences instituées par Plosz, Gyergyai, par Maly et ensuite par Adamkiewicz pour déterminer si l'action de l'albumine peut être substituée ou non par celle de la peptone semblent démontrer, qu'au point de vue nutritif, l'albumine peut être remplacée par la peptone ou plutôt par un mélange de peptones et d'albumoses. Le chien d'Adamkiewicz élimina pendant l'état d'inanition 3,7 d'azote par les urines ; recevant ensuite 50 grammes de peptone, il n'élimina que 8,5 d'azote et le jour suivant, de la graisse ayant été ajoutée à la peptone, il n'élimina plus que 5,7 ; par conséquent, 25 gr. d'azote ont été retenus dans l'organisme. Ce fait a été démontré d'une manière plus précise par Kuntz, Muntz, et par Deiters pour le mélange d'albumoses et de peptones tel que le renferment les préparations de peptone de commerce. Enfin, Kuntz et Politzer ont encore démontré que les albumoses pures ainsi que les peptones pures à teneur égale en azote sont équivalentes à l'albumine au point de vue de leur valeur nutritive. On doit donc conclure que l'albumose et la peptone peuvent remplacer l'albumine dans la nutrition. Toutefois, des expériences récentes dues à Fiquet établissent qu'on ne saurait attribuer aux peptones une valeur alimentaire supérieure à celle de l'albumine, car si elles renferment tout l'azote, elles ne renferment pas le soufre et le phosphore de la molécule albuminoïde.

Le lien chimique qui rattache les peptones aux albumoses consiste en ce que les albumoses sont les premiers produits de la digestion normale de la viande, tandis que les peptones en sont les derniers. Mais, comme nous l'avons déjà dit, les peptones commerciales renferment des impuretés, puisque d'après E. Fiquet, on y trouve :

1° Des albumoses et des syntonines, produits de peptonisation incomplète.

2° Des glycoprotéines et leucines, produits de peptonisation incomplète.

3° Des albumotoxines et ptomaïnes, produits de fermentation bactérienne.

D'ailleurs à l'heure actuelle, il semble que les fabricants, après avoir cherché à réaliser une peptonisation aussi complète que possible de l'albumine, tendent à arrêter l'hydratation au terme albumose. Il ressort, en effet, qu'au cours d'une digestion normale, le suc gastrique n'épuise pas son action hydratante sur les matières albuminoïdes des aliments et que celles-ci franchissent le pylore à l'état d'albumoses plutôt que de peptones.

Somatose

Parmi les albumoses lancées dans le commerce il en est une qui mérite d'attirer quelque peu l'attention : nous voulons parler de la *somatose*. Elle a été accueillie avec un véritable enthousiasme en Allemagne et les travaux nombreux auxquels elle a donné lieu ont montré sa valeur.

Quelle en est la composition. — Elle se présente sous l'aspect d'une poudre jaune clair impalpable, sans odeur et presque insipide, soluble dans l'eau comme les albumoses en général. Klemperer donne comme composition de la somatose :

Eau............	9,2 °/o
Albumoses......	77,8 »
Peptones.......	2,2 »
Sels............	5,7 »

Lepierre (A. Gautier, Préparations dérivées de la viande. *Bull. Acad.*, 1900) donne les chiffres suivants :

Eau............................	14,8
Alcalialbumines et albumoses.....	78,73
Peptones........................	1,85
Bases et produits azotés divers....	2,47
Matières minérales..............	»

Au point de vue thérapeutique, on peut se demander si, comme l'extrait de viande, elle a seulement une valeur de condiment ou si, comme les peptones, elle peut subvenir à la reconstitution des tissus.

Au congrès de Wiesbaden, Hildebrand a rapporté des faits qui semblent démontrer que la somatose est une substance albuminoïde directement assimilable. En injectant sous la peau ou dans les veines des chiens, des quantités relativement élevées de somatose (0,50 centigr. dans 10 centimètres cubes d'eau), on n'a jamais retrouvé dans l'urine ni albumine, ni peptone, ni albumose. Ces expériences, vérifiées par Goldmann, semblent donc établir que la somatose est retenue dans l'organisme et directement assimilée par lui.

Hildebrand a étudié également la valeur nutritive de la somatose dans une série d'expériences faites sur des chiens, et qui ont consisté à doser l'azote des urines et des matières fécales, d'abord, avec un régime alimentaire ordinaire (200 grammes de viande, 200 gr. de riz, 25 gr. de beurre, 10 gr. de chlorure de sodium dont l'azote avait été préalablement dosé), puis avec le même régime, mais, dans lequel on remplaçait la viande par 48 gr. 6

d'albumoses et 6 gr. 7 d'extrait de viande. Ces deux périodes étaient suivies d'une troisième, chacune de quatre jours, pendant laquelle l'animal recevait son régime alimentaire normal. Ces recherches ont montré que pendant la première période il existait un équilibre azoté ; que pendant les deux premiers jours de la seconde période il y avait rétention d'azote dans l'organisme, laquelle rétention faisait place au troisième jour et au quatrième à une perte d'azote. L'assimilation d'azote se faisait donc un peu moins bien avec la somatose qu'avec la viande. D'autres recherches, ont montré à Hildebrand que si, au lieu de remplacer dans le régime alimentaire toute la viande par la somatose, on n'en remplaçait que la moitié, le déficit azoté disparaissait.

Les recherches ultérieures de T. K. Kuhn et de Völker ont confirmé les résultats énoncés par Hildebrand et ont montré :

1° Qu'avec une alimentation où les substances albuminoïdes sont en quantité un peu insuffisante pour l'entretien du corps, la somatose peut rétablir l'équilibre azoté.

2° Qu'avec une alimentation qui sans être pauvre en substances albuminoïdes, ne renferme pas de viande, la somatose ne peut remplacer cette dernière ; car, administrée à haute dose, non seulement son azote n'est pas assimilé mais encore elle provoque de la diarrhée et empêche l'assimilation de l'azote d'autres substances alimentaires.

3° Qu'à petite dose la somatose est assimilée ; ne provoque pas de diarrhée et est même mieux supportée que la viande par les phtisiques présentant des localisations intestinales et gastropathes.

Ainsi il semble bien que la somatose à petite dose est parfaitement assimilable, bien supportée et peut être utile chez les tuberculeux.

Nous avons vu que la somatose renferme d'après Klemperer 78 0/0 d'albumoses, c'est donc à ce titre une substance éminemment nutritive. Mais d'autre part les travaux de Hildebrand, de Kuhn et Volker, ont montré que la somatose ne doit se donner qu'à des doses peu élevées (20-40 grammes par jour) et à ce titre il semble plutôt qu'on doive la ranger dans les aliments de condiment, à un rang plus élevé toutefois que les extraits de viande.

Nous venons d'étudier rapidement les différents aliments proposés pour remplacer dans l'alimentation, en certains cas la, viande crue. Mais en réalité, comme nous l'avons dit, ces différentes préparations n'ont qu'une valeur de condiment, par les doses auxquelles elles doivent être données; elles sont précieuses en ce qu'elles permettent de rompre d'une façon utile, la monotonie d'un régime, et nous savons quelle importance prend ce fait dans le régime alimentaire du tuberculeux, et d'autre part, parce qu'elles nous permettent de compléter le minimum d'azote nécessaire à l'équilibre azoté chez des malades qui supportent mal l'albumine native quelle que soit sa forme et sa préparation.

Substances collagènes. — Nous voudrions maintenant nous arrêter quelque peu à un groupe de substances que nous avons déjà vu figurer dans la composition de la viande. Ce sont les substances collagènes. La viande de bœuf en renferme 16 0/0. Les viandes de jeunes animaux en renferment davantage. Elles constituent la substance organique des os, des cartilages, des tendons, des fibres du tissu conjonctif. Par l'action prolongée de la cuisson et de l'eau, elles se transforment en gélatine.

Au point de vue chimique, les substances collagènes ont avec les albuminoïdes les plus grandes analogies, mais au point de vue alimentaire, elles sont tout à fait différentes.

Quelle est donc la valeur nutritive de la gélatine? Nous empruntons au livre de Munck et Ewald (1) ce qui suit :

« La gélatine donnée à n'importe quelle dose est facilement décomposée et complètement détruite ; sa décomposition se fait même plus facilement que celle de l'albumine. La décomposition de la gélatine abaisse la décomposition de l'albumine au point qu'une partie notable de l'albumine alimentaire, donnée en même temps que la gélatine, peut se déposer dans l'organisme ; l'addition à la gélatine d'une légère quantité d'albumine suffit pour maintenir l'équilibre de l'albumine. D'autre part la décomposition de la molécule de gélatine en urée s'accompagne de la formation d'un produit non azoté, mais riche en carbone qui détermine également une diminution de la consommation de graisse dans l'organisme.

Par contre, la gélatine n'est pas à même de protéger complètement l'albumine contre la destruction ; car la quantité d'azote de l'urine (et des fèces) dépasse toujours celle introduite par la gélatine ; elle est encore moins à

(1) *Traité de diététique*, 1847.

même de déterminer un dépôt d'albumine organisée. » (Munck et Ewald).

Les expériences de Voit démontrent ces faits; quelle que soit la quantité de viande ingérée, l'addition de gélatine détermine toujours une économie dans la consommation de l'albumine; l'action d'épargne de la gélatine est même plus marquée que celle exercée par les graisses et les hydrates de carbone. En retour, les doses les plus fortes de gélatine ne sont nullement capables de prévenir totalement la perte d'albumine, même si l'on donne d'autres substances telles que les graisses et les hydrates de carbone qui font économiser l'albumine. Il est nécessaire pour conserver l'équilibre azoté qu'une quantité d'albumine soit introduite en même temps que la gélatine, mais dans les cas favorables, il suffit de donner la moitié et moins de la quantité d'albumine consommée pendant l'inanition.

La gélatine ne saurait donc remplir les grands espoirs que l'on avait autrefois fondés sur elle, alors que l'on pensait pouvoir la substituer à la chair musculaire. Mais si elle ne peut remplacer les matières albuminoïdes dans leur rôle plastique, elle n'en reste pas moins un aliment d'épargne, utile dans l'alimentation. D'après Voit 100 grammes de gélatine sèche économisent 31 grammes d'albumine (150 grammes de chair musculaire), c'est-à-dire sont isodynamiques à 200 grammes d'hydrates de carbone. De plus 100 grammes de gélatine valent 25 grammes de graisse.

La digestion des substances collagènes est d'ailleurs facile, et chez les anorexiques, elles excitent l'appétit. Il semble rationnel d'avoir recours aux aliments collagènes naturels, tels que pieds de veau, tête de veau, pieds de porc... etc., qui se prêtent à des combinaisons culinaires variées — aux gelées de viande. On peut encore ajouter à du bouillon ordinaire de viande de la gélatine blanche de commerce. Cette gélatine d'os est en feuilles blanches transparentes et a pour composition d'après A. Gautier :

Eau	19,7
Gélatine réelle	74,8
Extrait resté soluble dans l'alcool à 78 cent.	4,2
Mat. minérales	1,3

Ewald (1) donne la formule d'une gelée qui constitue un aliment très agréable, de digestion facile.

On prend une livre de bœuf, une livre de veau, un poulet tendre, un ou deux pieds de veau, un céleri, une racine de persil, une demi-cuillerée de sel. Le tout recouvert d'eau froide est porté lentement à l'ébullition ; on enlève la chair des os du poulet et on la hache finement On passe le bouillon dans du linge fin ; on y ajoute une bouteille de vin, on chauffe. On y mélange la viande hachée du poulet et on met refroidir dans des tasses à café ou dans des plats.

Cette gelée est très facilement acceptée des malades, toutefois il ne faut pas oublier que les substances collagènes ne doivent pas être données en grande quantité sous peine de produire des nausées, des vomissements, de la diarrhée ; il suffit d'en faire prendre deux à trois

(1) *Traité de diététique*, Munck et Ewald.

tasses par jour. Nous n'insisterons pas davantage ; qu'il suffise d'avoir indiqué l'emploi que l'on peut tirer des substances collagènes dans le régime alimentaire du tuberculeux.

Nous sommes amené à étudier les aliments gras ; c'est ce que nous ferons dans notre prochain chapitre.

CHAPITRE V

Les aliments gras.

Lorsqu'il s'agit de refaire l'organisme affaibli du tuberculeux, il semble que l'on ait cause gagnée, lorsqu'on a réussi à lui assurer un apport aussi large que possible d'aliments azotés. Certes une absorption de matières albuminoïdes est un côté capital de la nutrition ; il est essentiel de consommer assez d'aliments azotés pour être sûr d'atteindre et même de dépasser le minimum d'azote indispensable, mais il convient de tenir compte en même temps du besoin total de calories. Et il faut bien se pénétrer de ce fait que les albumines ne peuvent jamais couvrir qu'une faible portion de ce besoin. Chez l'homme bien portant, même en poussant la consommation de protéiques jusqu'aux extrêmes limites, on reste encore bien loin d'avoir satisfait au besoin total de calories. De quelque façon que l'on s'y prenne, il semble bien difficile de faire prendre au tuberculeux plus de 200 grammes d'albumine, d'une façon journalière et régulière, et malgré cette ration azotée très largement établie, l'organisme n'en reste pas moins en déficit, si le complément de calories n'est pas fourni par une alimentation riche en graisse et en hydrates de carbone. *L'aliment gras* intervient alors comme un complément extrêmement précieux, puisque à l'avantage qu'assure aux corps gras leur valeur calorifique considérable s'ajoute encore ce fait que ces corps sont ingérés à l'état de pureté (huiles, beurre, graisses animales). En ce qui concerne l'apport d'énergie, les graisses ont une supériorité marquée sur les albumines et sur les hydrates de carbone. Les valeurs de combustion, pour un gramme de substance et en grandes calories, sont :

Albumines	4,1	calories
Graisses	9,3	»
Hydrates de carbone	4,1	»

Donc au point de vue énergétique, 100 grammes de graisses sont équivalents à environ 225 grammes de protéiques et d'hydro-carbonés. Pour arriver par jour à 2600 calories, chiffre moyen du besoin total de calories, 1827 grammes de viande maigre de bœuf sont indispensables ; 357 grammes de beurre suffisent.

Or, au point de vue de la physiologie des excrétions, il convient de faire remarquer que les graisses ont une tout autre signification que les albuminoïdes ; les premières ne donnent comme produits de désassimilation que de l'eau et de l'acide carbonique, tandis que les secondes fournissent, non seulement de l'urée, de l'acide urique, et tous les corps uroxanthiques, mais encore un nombre considérable d'autres produits azotés (leucomaïnes, ptomaïnes), ou non azotés. Quoique nous sachions peu de chose sur la formation de ces corps, il est probable et logique d'admettre que dérivant des matières albuminoïdes, ils sont formés de quantités d'autant plus grandes que l'alimentation est plus riche en albumine. C'est là une raison pour ne pas demander aux aliments azotés, chez les tuberculeux, plus que ce qui nécessaire pour la ration d'entretien et d'épargne, en empruntant aux graisses et aux hydrates de carbone le complément des calories réclamées par l'organisme.

Nous savons que les tuberculeux, dès qu'ils ont un peu de fièvre, consomment une quantité de calories supérieure à la normale. Quinquaud l'a nettement montré par ses recherches sur la quantité de Co^2 exhalé. Cette dépense en calories explique leur peu de résistance à la fatigue, nécessitant de soumettre les tuberculeux au repos absolu. Quoique du fait de ce repos, une nouvelle dépense en calories apparaisse pour lutter contre le refroidissement. En réalité la cure d'air au repos n'est tolérée que grâce à une alimentation riche en graisses. Pour cette raison, mieux vaut donc, chez le tuberculeux, une alimentation renfermant un peu moins d'azote, tout en remplissant les conditions fixées, mais couvrant largement le besoin de calories, que des rations azotées abondantes accompagnées de quantités d'aliments ternaires insuffisantes pour parfaire la somme totale de calories nécessaires.

Nous avons vu d'autre part, que chez le tuberculeux, dont les réserves d'albumine, dont les masses protoplasmiques avaient été atteintes et diminuées par une alimentation insuffisante, il y aurait, comme le dit Von Noorden, une erreur fondamentale, à voir la cause première de la régénération des tissus, dans l'alimentation meilleure qu'il reçoit. « Cette réfection de l'albumine organisée, avons-nous dit, n'est que l'expression de la puissance de multiplication et de régénération des cellules ; il importe donc pour le tuberculeux d'économiser ses réserves albuminoïdes et tendre si possible à les augmenter. Or, il est prouvé que l'addition de graisse à la viande, dans l'alimentation, permet de réaliser une fixation importante de protéiques dans les tissus. On a établi en effet : 1° que pour une même quantité de chair digérée, la fixation d'azote par l'organisme est plus grande si on ajoute à la ration alimentaire de l'azote de la graisse que si on n'en ajoute pas et d'autant plus grande que la quantité de graisse ajoutée est plus grande ; 2° que pour une même quantité de chair, la durée de la période, pendant laquelle se fait la fixation d'azote par l'organisme est plus grande dans le régime adipo-carné que dans le régime carné pur (en d'autres termes l'équilibre azoté est moins vite réalisé dans le régime adipo-carné que dans le régime carné pur) (Arthus). »

Toutefois, pas plus que la gélatine, la graisse ne peut supprimer la décomposition de l'albumine. Cependant la graisse alimentaire exerce une influence déterminée et importante sur la consommation de l'albumine. Comme Bischoff l'avait déjà montré, elle agit comme aliment d'épargne. L'action d'épargne des graisses est d'ailleurs moindre que celle des hydrates de carbone ; en ce qui concerne les graisses Voit n'a pu obtenir chez le chien qu'une épargne de 7 % de la quantité d'albumine primitivement détruite, tandis que pour les hydrates de carbone elle était de 9 % en moyenne et de 15 % au maximum. Les essais faits par Kayser sur lui-même montrent que chez l'homme aussi, les graisses ont, vis-à-vis de l'albumine, un moindre pouvoir d'épargne que les hydro-carbonés.

L'action d'épargne exercée par la graisse sur la désassimilation de l'albumine nous permet de dire, avec Munck et Ewald, qu'elle exerce sur la nutrition une influence de grande importance. Sans aller jusqu'à dire avec Bouchardat que la tuberculose ne se développe que chez des sujets privés d'aliments gras, que la graisse soit bactéricide (ce sont évidemment des exagérations), il semble bien que chez les tuberculeux gras la tuberculose se caractérise par une évolution plus lente et une bénignité tout au moins apparente. « Rien ne décèle chez ces malades les lésions pulmonaires dont ils sont atteints; ils sont généralement modérément adipeux, quelques-uns franchement gras, tous vivant de la vie commune ». (Sarda et Vires) (1). Voici le portrait que donne du phtisique gras le professeur Lemoine (2) : « Le phtisique gras arthritique se présente avec tous les signes d'une belle santé apparente : le visage est normalement coloré sans placage de rouge sur une teinte pâle, le visage est plein et l'aspect extérieur se signale par un embonpoint parfois très accusé. L'appétit est excellent, les forces sont conservées. Presque toujours le traitement et l'hygiène

(1) Trêves et guérison de la tuberculose chez les arthritiques. *Montpellier médical*, 1er nov. 1894.

(2) *Semaine médicale*, 20 mars 1900.

amènent une augmentation de poids notable en assez peu de temps sans amélioration sensible des lésions locales. Ces dernières sont souvent très étendues alors même que l'état général reste très bon et l'on peut voir des malades présenter de grandes cavernes avec tous les dehors de la santé. »

Examinant l'évolution de la tuberculose chez les phtisiques gras, M. Lemoine ajoute : « C'est parmi eux que se rencontrent la majorité des phtisiques curables et je connais bon nombre de ces malades que je suis depuis très longtemps et dont la phtisie a rétrocédé d'une façon complète et s'est limitée de telle manière qu'elle est compatible avec une existence active... Il va sans dire que ces malades après une période parfois très longue pendant laquelle ils ont pu se croire atteints simplement de catarrhe des bronches, finissent par succomber aux progrès de la maladie. Il en est qui meurent en pleine santé apparente avec un embonpoint superbe : ce sont ceux qui succombent à une hémorrhagie foudroyante produite par l'ouverture d'un vaisseau rongé par la suppuration sur les parois d'une caverne. D'autres, c'est le plus grand nombre, sont emportés par des accidents aigus : pneumonie, pleurésie ou congestion grippale relevant souvent de microorganismes étrangers à la tuberculose, mais créant vite des situations graves du fait de leur évolution sur un poumon tuberculeux. D'autres finissent par présenter des poumons de plus en plus creusés par l'extension des cavernes. Ils voient alors leur état général s'affecter, leur appétit disparait, ils maigrissent et meurent lentement après avoir perdu les masses adipeuses qui les caractérisaient. »

Ainsi, il semble bien que chez les tuberculeux gras, le bacille de Koch soit un de ces bacilles avec lesquels on vit en bonne intelligence, la lutte est vive au début, mais plus tard elle s'éteint lorsque les excavations pulmonaires se sont formées et à partir de ce moment la tuberculose évolue sans trop d'accidents aigus, et peut même guérir.

Pour ces raisons, il semble donc que les graisses soient indispensables dans l'alimentation du tuberculeux. Or, à ce sujet, les avis sont partagés, c'est qu'en effet, si l'homme sain digère facilement les graisses et peut même en absorber jusqu'à 100 grammes par jour, il y a lieu de craindre que pour les tuberculeux dont les fonctions digestives sont très souvent atteintes, l'ingestion de graisses n'aggrave cet état gastrique.

D'après Lobassof, les corps gras diminuent la sécrétion chlorhydrique de l'estomac. En général, les dyspeptiques tolèrent très mal la graisse ; non seulement elle se comporte chez eux, comme une substance de digestion difficile, mais elle entrave la digestion des autres aliments en les imprégnant et en les empêchant d'être mouillés par les sucs digestifs.

Toutes les graisses ne sont pas indigestes au même point. Les différences de digestibilité des graisses dépendent surtout de leur état physique : les mieux émulsionnées sont les mieux tolérées par les estomacs délicats ; un très bon exemple nous en est fourni par la matière grasse du lait : à l'état de fine émulsion dans le lait ou la crème fraîche, elle est d'une digestion très facile ; le beurre frais, qui au point de vue physique est constitué par une agglomération de globules graisseux incomplètement soudés, l'est moins; le beurre fondu est un aliment très lourd et cependant la constitution chimique reste la même dans les trois cas.

Pour cette raison, les dyspeptiques supportent assez bien à l'état de fine division dans les tissus végétaux ou animaux, la même quantité de graisse qu'ils ne peuvent digérer à l'état de sauce grasse ou d'huile ; pour cette raison, aussi, que la cuisson des graisses les rend moins digestibles.

Une autre condition qui facilite la digestion des graisses est leur mélange avec un peu d'acides gras libres. Gad a montré en effet que les acides gras libres facilitent étrangement l'émulsion des graisses par les liquides alcalins.

Certes nous n'ignorons pas combien sont fréquents les troubles digestifs des tuberculeux et combien cette existence de troubles digestifs dans une maladie où l'alimentation est le seul traitement, constitue une éventualité fâcheuse et malheureusement trop fréquente. On ne saurait, d'autre part, entourer de soins trop précieux l'estomac des phtisiques ; mais il ne s'ensuit pas qu'il faille généraliser ce fait et voir dans tous les tuberculeux des hyposthéniques et des hypochlorhydriques, et nous dirons avec Pégurier, que si les graisses doivent être défendues à certains malades qui ne peuvent les digérer, elles trouveront leur utile application chez les tuberculeux dont les fonctions digestives s'accomplissent d'une façon normale

L'huile de foie de morue. (1)

Parmi les substances grasses, il en est une qui attire immédiatement l'attention par la faveur dont elle jouit dans le public; nous voulons parler de l'huile de foie de morue; il semble que tout tuberculeux doive consommer de l'huile de foie de morue et l'on prévoit à quels ennuis s'expose le malade qui n'en connaît nullement l'usage.

Quelle en est la composition. — La composition de l'huile de foie de morue est très complexe, elle renferme 99 0/0 de matières grasses; ces matières grasses ne paraissent pas formées, comme dans les autres graisses, par des acides stéarique et oléique; il semble que l'on ait affaire à des acides spéciaux qu'Heyerdall a isolés et à qui il a donné le nom d'acides thérapique et joléique. Depuis les recherches de Büchkein on a reconnu l'importance de la présence des acides gras libres dans l'huile de foie de morue. Ces acides gras donnent avec le suc gastrique très facilement une émulsion; cette émulsion traverse les membranes animales plus facilement que les autres huiles; elle pourrait même être absorbée sans le concours du suc pancréatique; les acides gras libres donnent en effet une émulsion remarquablement fine des graisses et facilitent leur résorption beaucoup plus que ne le feraient seuls la bile et le suc pancréatique.

(1) Maigné, *Huile de foie de morue*, Paris, 1900.

L'huile de foie de morue, renferme de l'iode (0,32) et du brome (0,04 par litre). Ces doses ne sont pas assez considérables pour avoir une action réelle. Le phosphore s'y rencontre assez souvent à la dose de 0,20 par litre. D'après les recherches de de Jongh, de Maigné, il paraît exister au moins dans l'huile vierge à l'état de combinaison albuminoïde.

Dans les huiles colorées, A. Gautier et Mourgues ont extrait une série d'alcaloïdes des plus intéressants : amylamine, butylamine, héxylamine, dihydrotoluidine, aselline, morrhuine ; une cuillerée d'huile brune renferme jusqu'à 10 milligrammes d'alcaloïdes dont 2 mmgr. 2 de morrhuine. Le morrhuine paraît exciter la sécrétion du suc gastrique, augmenter l'appétit, activer l'élimination rénale et cutanée. L'aselline semble avoir une action contraire, elle dépasse rarement un tiers de milligramme par cuillerée à bouche.

Expérimentée chez le cobaye, elle produit des troubles respiratoires, de l'anhélation et de la stupeur. Peut-être y a-t-il là l'explication de ces troubles subits du côté de l'appareil respiratoire signalés par Rabuteau chez des malades faisant usage de l'huile de foie de morue, cela est plausible.

L'huile de foie de morue renferme encore une autre substance mal connue : la gaduine : la comparaison faite par Gubler de la gaduine et de la matière glycogène du foie semble exacte. La gaduine contribuerait à faciliter l'absorption de l'huile de foie de morue, peut-être même lui donnerait-elle des propriétés antitoxiques.

A quoi attribuer l'action de l'huile de foie de morue. — Déjà par sa richesse en matières grasses, il est naturel de penser que l'huile de foie de morue pourra jouer le rôle d'aliment d'épargne que nous avons reconnu aux graisses. Mais il semble qu'il y ait un autre mode d'action.

Nous savons que cette huile renferme une assez forte proportion de phosphore à l'état de combinaison albuminoïde. « Elément excitateur spécifique, en activant la formation des noyaux, et par ce moyen la reproduction et la formation des éléments cellulaires, le phosphore dit A. Gautier, conserve indirectement la jeunesse des tissus.

« Il leur transfère, grâce à ce mécanisme, ce que l'on peut appeler la résistance vitale, c'est-à-dire l'aptitude à vivre et à se reproduire normalement, malgré les causes incessantes de destruction physiques, chimiques et pathogéniques ». Nous avons montré que chez le tuberculeux, ces destructions étaient particulièrement actives — que l'organisme mettait en charge dynamique les éléments cellulaires au moyen du phosphore des os et des albumines des tissus. Peut-être l'huile de foie de morue en présentant sous une forme facilement assimilable du phosphore, permet-elle une économie et peut-être est-ce là la cause de son action.

On pourrait encore se demander si les alcaloïdes que renferme l'huile de foie de morue ne jouent pas un rôle actif dans son action. Maigné fait observer avec juste raison que l'huile vierge, l'huile jaune d'or découlant des foies parfaitement frais ne renferme pas trace d'alcaloïdes, mais au contraire renferme plus d'éléments minéraux, particulièrement du phosphore et de l'iode, que l'huile brune, et apparaît d'une efficacité supérieure. C'est à elle que nous donnerons par suite la préférence.

A quelle dose la donner. — Un fait acquis est que l'huile de foie de morue pour être active doit être donnée à haute dose ; les doses banales de une à deux cuillerées par jour ne servent qu'à fatiguer l'estomac ; 100 grammes chez l'adulte sont nécessaires pour avoir un effet réel, et les plus beaux succès de Jaccoud ont été obtenus avec 200 à 250 grammes et plus. Pour accoutumer le malade à pareille dose, il faut procéder lentement, mais autant que possible, la quantité doit être prise en deux fois. Mieux vaut même, quand cela est possible, la prendre en une seule fois.

Il arrive très souvent que le malade s'habitue au goût ; mais il reste la tolérance de l'estomac, de l'intestin et du foie. Quelques malades ont, avec de faibles doses, des renvois acides, répétés, fort désagréables. Jaccoud conseille de les faire mordre dans une tranche d'orange ou de citron. M. Dieulafoy fait refroidir l'huile dans un mélange réfrigérant et l'addition de 1 à 2 milligrammes de strychnine à la dose journalière, peut également faciliter la tolérance de l'estomac.

Les gelées autrefois fort en usage sont abandonnées avec juste raison ; elles augmentent plutôt qu'elles n'atténuent la saveur désagréable de l'huile de foie de morue. Les émulsions en vente dans le commerce ont le défaut d'augmenter la quantité de liquide à prendre. Telle est du nombre l'émulsion Scott dans laquelle la saveur de l'huile est masquée par le goût d'essence d'amandes amères. En voici la formule :

Huile vierge........................	15 gr.
Glycérine........	8 —
Gomme-Sac, ess. d'amandes amères....	7 —
Hypophosphite de chaux.............	0, 30
— de soude.............	0, 15

pour 30 grammes.

Cette émulsion peut rendre des services chez l'enfant. Mais chez les adultes elle est inutile.

En se servant des différents moyens indiqués, on pourra vaincre l'intolérance de l'estomac. L'intolérance de l'intestin se traduit par de la diarrhée, et quand celle-ci ne cède pas au régime, il faut interrompre l'usage de l'huile pendant quelque temps. Il convient d'examiner les selles et de voir si elles deviennent graisseuses car en ce cas il est inutile de donner de grandes quantités d'huile puisqu'elles sont expulsées en nature.

L'intolérance hépatique peut facilement passer inaperçue : Frerichs a cependant signalé la stéatose très rapide du foie chez les chiens nourris exclusivement d'huile de foie de morue. Chez des malades prenant pendant un temps assez long de l'huile de foie de morue, il arrive que le foie devienne volumineux, déborde les fausses côtes et devienne légèrement sensible. Cette hypertrophie semble d'ailleurs coïncider avec une amélioration notable de la tuberculose et se voit chez des sujets ayant le mieux assimilé l'huile. Dès qu'elle apparait, il convient de s'arrêter dans l'administration car elle indique la saturation et précède de peu l'intolérance intestinale.

M. A. Robin (1) a étudié les modifications qui surviennent dans l'excrétion des matériaux solides de l'urine, sous l'action de l'huile de foie de morue donnée à doses progressivement croissantes, suivant la méthode qui a donné au professeur Jaccoud de si beaux succès. Cet examen lui fournit matière aux conclusions suivantes :

1° Pendant la première période de l'administration de l'huile de foie de morue alors que les doses croissantes sont bien tolérées, on voit la quantité d'urine se maintenir dans des limites normales ainsi que la densité et les matériaux solides.

Quantité	957
Densité	1023, 2
Matériaux solides	49, 42

2° Mais quand s'effectue la saturation de l'organisme et que survient l'intolérance, les caractères de l'urine se modifient parallèlement ; elle prend une teinte hémaphéique rouge ordinairement très accentuée.

L'odeur urineuse caractéristique de l'urine fraîche devient plus forte et rappelle dans quelques cas l'odeur de poisson, l'acidité augmente. En même temps on voit diminuer la quantité de l'urine et le poids des matériaux solides.

Quantité	729
Densité	1023, 6
Matériaux solides	40, 25

(1) A. Robin, *Archives générales de médecine*, 1895.

3° Après la cessation du médicament, l'urine conserve encore un temps les caractères physiques de la période de saturation, mais elle les perd peu à peu et l'on voit parallèlement la quantité et les matériaux solides augmenter ensemble jusqu'au point de dépasser les moyennes les plus favorables qui aient été observées pendant l'administration.

Quantité	1128
Densité	1020,5
Matières solides ..	55,31

« Et, chose digne de remarque, l'activité organique plus grande que traduisent ces chiffres ne s'est accompagnée dans nos observations d'aucune déchéance du poids gagné dans le traitement ».

L'huile de foie de morue a donc une valeur réellement thérapeutique. De plus, les récentes recherches de MM. A. Robin et Binet (1), sur le chimisme respiratoire des tuberculeux les ont conduits à étudier le rôle que pourrait avoir l'huile de foie de morue sur ces échanges. Sous son influence, ils ont vu les échanges s'abaisser et tendre à se rapprocher de la normale pendant que l'état général redevenait satisfaisant.

Il serait donc à désirer, d'après ces travaux, que tous les tuberculeux puissent prendre de l'huile de foie de morue. Mais la chose n'est pas possible chez tous, et chez ceux qui la supportent mal, il importe de ne pas insister de crainte d'aggraver un état gastrique déjà lésé.

(1) Robin et Binet, Congrès de la tuber., Londres, 24 juillet 1901.

La glycérine.

De l'huile de foie de morue, il convient de rapprocher la glycérine. Jaccoud (2) considère son alternance avec l'huile de foie de morue comme un véritable progrès thérapeutique. Elle exerce, dit-il, une influence directe et positive sur le processus nutritif dans son ensemble. Est-ce simplement en excitant l'appétit et en stimulant les fonctions digestives, est-ce aussi par un accroissement d'activité dans les combustions organiques ainsi que tendent à l'établir les recherches de Catillon qui a constaté une augmentation relative et absolue de l'acide carbonique exhalé ?

La glycérine doit être parfaitement pure. Comme dose il convient de ne pas dépasser 40-60 grammes. Au delà de l'agitation, de la loquacité insolite, une insomnie persistante indiqueraient que la dose a été dépassée. L'augmentation de température est de règle chez tous les individus qui font usage de glycérine pendant quelques jours aux doses indiquées. Mais elle ne dépasse pas un ou deux dixièmes par rapport à la moyenne de la période antérieure de la cure. Dans ces limites, et même jusqu'à trois dixièmes, l'hyperthermie est simplement l'indice de l'action physiologique de la glycérine. Lorsqu'au contraire en l'absence de tout incident pyrétogène, on a une élévation de température supérieure à cinq dixièmes, il y a là une preuve de l'excès des doses.

(2) Jaccoud, *Curabilité de la phtisie pulmonaire.*

Pour modifier la fadeur insipide de la glycérine, M. Jaccoud conseille d'y ajouter quelques gouttes de menthe, un peu de rhum ou de cognac.

Telle est, d'après M. Jaccoud, l'action et la manière de donner la glycérine. Elle a certainement une valeur moindre que l'huile de foie de morue et mérite seulement d'être employée d'une façon discrète.

Maigné, dans sa thèse, indique un produit peu connu en France et dont l'usage paraît rationnel : c'est le pâté de foie de morue. D'après l'analyse de M. Thiébaut de Lille, cette préparation ne renferme que la moitié de son poids en matières grasses, mais elle est très riche en albuminoïdes (10,46 0/0), en chlorures de sodium, et en acide phosphorique (0,37 0/0). Cette préparation serait très facilement acceptée, il serait par suite rationnel d'en répandre l'usage.

De ce que tous les tuberculeux ne peuvent supporter l'huile de foie de morue, ils ne s'ensuit pas pour eux qu'ils ne puissent faire appel dans leur alimentation aux autres aliments gras. Dans les sanatoria allemands, l'usage de l'huile de foie de morue est peu répandu. On fait un large usage de beurre, de farines, d'œufs, des graisses animales, du saindoux, du lard, du gras de jambon. Mais si intense et si complet qu'il soit, ce régime gras ne donne pas les effets remarquables non seulement d'engraissement, mais de retour des forces et d'arrêt de la fièvre observés souvent avec l'huile de foie de morue ; il n'en reste pas moins vrai qu'il est d'une utilité incontestablechez les tuberculeux.

Le beurre est un aliment gras très agréable et très

digestible. Le beurre n'est que de la crème battue ; toutefois il s'en distingue par ce fait que les globules de beurre ont été séparés de la fine membrane qui enveloppe naturellement chacun d'eux puis soudés ensemble par l'action du battage. Le beurre renferme encore de l'eau maïs en quantité moindre que la crème. Voici la composition du bon beurre :

Graisse.............	90 0/0
Eau.................	8 —
Caséum, lactose, sels.	2 —

Mais en général, il ne contient guère plus de 80 à 85 0/0 de graisse. La graisse est formée par un mélange d'oléine, de palmitine et de stéarine ainsi que de butyrine, de capryline et de myristine.

Le beurre doit sa digestibilité à ce que son point de pression est peu élevé. D'après Rubner il devient liquide vers 36° soit au voisinage de la température du corps humain. Il est bien absorbé par l'intestin : après ingestion de 204 grammes, Rubner n'en a trouvé que 6 grammes dans l'intestin.

M. Laborde (1) remarque que la suralimentation par le beurre est capable d'augmenter, à un même degré que la viande crue, la résistance des sujets à la tuberculose.

On peut donner le beurre en nature sur des tartines, de pain ou bien mélangé aux aliments, à des pâtisseries. Toutefois il convient de ne le donner qu'à dose modérée en raison de sa nature grasse peu propice aux dyspepsies même les plus simples.

(1) Compte-rendu Acad. de méd., 28 mars 1900.

Les *huiles végétales* sont moins digestibles que les graisses animales. La composition chimique de l'huile d'olives donne comme chiffres :

Eau, 1 0/0.

Matières grasses, 99 0/0 ; dont 72 0/0 d'oléine liquide et 27 0/0 d'un mélange (stéarine, palmitine, cholestérine). Elle est donc plus nutritive que le beurre ; on l'utilise soit en nature (salade, sauces) soit dans certaines préparations culinaires.

Mais le beurre et l'huile sont des aliments d'un prix assez élevé. On a donc proposé pour les remplacer quelques corps gras moins chers, entre autres, *l'oléo-margarine*, mélange d'eau, de beurre, et d'oléo-margarine. Au point de vue économique, ce produit rend de réels services dans la classe pauvre et son emploi modéré ne laisse rien à désirer. On l'extrait de la graisse de bœuf de première qualité que l'on débarrasse par une série de manipulations, des enveloppes membraneuses, de la stéarine et des divers sous-produits pour recueillir l'oléo-margarine ou base du beurre artificiel (1).

Depuis peu on a lancé un nouveau produit : la végétaline, extraite de l'albumen des graines du cocotier. C'est une masse d'un blanc de neige, onctueuse au toucher, complètement homogène, de goût agréable. Sans valoir le beurre du lait, elle paraît, d'après Cornet (2), devoir être préférée à l'oléo-margarine et peut entrer par suite de son prix peu élevé dans l'alimentation.

(1) *La margarine et le beurre artificiel*, Girard et de Brévans.

(2) *Application diététique dans le Trait. des mal. des voies digestives.*

Il sera facile de varier l'alimentation des tuberculeux, en faisant intervenir en petite quantité les graisses de porc, de mouton, de bœuf, de poulet. Ces différentes viandes renferment d'ailleurs des quantités de graisse variables suivant l'état d'engraissement des animaux.

Le lait, les œufs contiennent aussi des matières grasses mais nous en parlerons quand nous nous occuperons de ces aliments.

De même nous avons vu que les poissons renfermaient une quantité assez notable de graisse.

Chez les tuberculeux dont les voies digestives fonctionnent bien, il y aura avantage à donner comme hors-d'œuvre quelques conserves de poissons, qui sont apéritives. A ce titre on peut citer les harengs, les anchois marinés, le thon, le caviar. Les harengs ont une réelle valeur alimentaire, un hareng de 120 grammes représente environ 80 grammes de chair, par suite par chaque hareng, on ingère environ 15 grammes d'albumine et 13 grammes de graisse.

	Eau.	Albumine.	Graisse.	NaCl.
Harengs..	46,2	18,9	16,9	14,0
Anchois...	57,2	22,3	2,2	20,0

Les anchois ont moins de graisse que les harengs, et de matières azotées, mais ils ont une chair plus délicate, sont plus digestibles.

Le caviar est à recommander en raison de sa richesse en matières grasses, il renferme en moyenne d'après Munck et Ewald :

Eau.........	43,9 °/₀
Albumine....	30,8
Graisse......	15,7
Sel..........	8,1

Son odeur légèrement huileuse et rappelant celle de l'huile de foie de morue serait peut-être de nature à prévenir contre ce produit si la saveur et l'arrière-goût véritablement délicat ne modifiaient l'impression première.

Pour introduire plus de variété dans les menus on pourra faire entrer dans l'alimentation, mais toujours en très petite quantité, les divers produits de la charcuterie : saucisson, jambonneau, cervelas.

Parmi les aliments d'un autre genre, il en est un qui mérite par ses propriétés nutritives, de tenir une place dans le régime alimentaire des tuberculeux. Nous vouvoulons nommer le *cacao*.

Le cacao décortiqueté a comme composition d'après Munck et Ewald :

Substances azotées...	12 °/₀
Théobromine........	1,6
Graisse.............	49
Fécule..............	13
Cendres............	3,5 °/₀ dont 1/3 de potasse, 2/5 ac. phosp.

On a reproché au cacao en nature d'être peu digestible par suite de la grande quantité de graisse qu'il contient, et on a été amené à préparer une poudre de cacao dont la composition est en moyenne de :

1,3 °/₀ de théobromine ;

17 °/₀ de substances azotées, dont 8 °/₀ constituées par de l'albumine.

25 °/₀ de graisse ;

10 à 13 °/₀ d'hydrates de carbone.

Dans cette préparation la graisse est ingérée dans la proportion de 95 °/₀. Cette poudre, réduite à 25 °/₀ de beurre, est un aliment d'une valeur de 313 calories pour 100 grammes.

On emploie plus encore le chocolat que la poudre de cacao. C'est d'ailleurs un aliment très nutritif. Munck donne comme composition moyenne pour les chocolats commerciaux :

Eau	1,6
Albumine	4,5
Théobromine	0,6
Graisse	15,3
Sucre	65,5
Substances azotées	11,0

L'addition de sucre dans le chocolat renforce la valeur alimentaire de la poudre de cacao. Si l'on pense aux nombreuses combinaisons auxquelles se prêtent le cacao et le chocolat, soit avec l'eau, soit avec le lait, les œufs, les différentes céréales : cacao à l'avoine de Cassel, cacao au Tropon, à la somatose, cacao lacté à la viande, toutes préparations très nutritives et très agréables à consommer, on voit que ces produits sont dignes de tenir une place importante dans l'alimentation des tuberculeux.

Nous n'insisterons pas davantage sur les aliments gras : nous n'avons pas voulu en donner une nomenclature complète, mais seulement montrer que leur emploi modéré était indiqué dans les menus des tuberculeux.

CHAPITRE VI

Les aliments hydro-carbonés.

Quel rang convient-il de donner aux aliments hydro-carbonés dans le régime alimentaire du tuberculeux ? Nous pourrions dire à ce sujet ce que nous avons déjà dit pour les aliments gras. Les aliments hydro-carbonés méritent mieux que la seconde place dans l'alimentation des tuberculeux, ils le méritent d'autant mieux qu'ils ne renferment pas seulement une quantité notable d'hydrates de carbone, mais encore des matières albuminoïdes supérieures dans certaines légumineuses aux quantités notées dans la viande.

Déjà nous avons insisté sur les dangers d'une alimentation carnée trop abondante, au point de vue de l'intoxication qu'elle pouvait créer. Et si l'on rapproche ces faits de cette constatation qu'entre les albumines végétales et animales il y a peu de différence, on voit tout de suite quelle importance prennent de ce chef les aliments hydro-carbonés dans l'alimentation. Il semble résulter des recherches de Hoppe-Seyler et de Weyl que les albumines végétales ne se distinguent pas essentiellement des albumines animales, tandis que pour d'autres auteurs, les premières seraient plus riches en azote et plus pauvres en carbone que les secondes. Il n'est nullement nécessaire que le besoin d'albumine de l'organisme soit couvert en totalité par une alimentation carnée, et d'après Uffelmann, la santé serait en danger lorsque les 3/4 d'albumine sont couverts d'une manière permanente par de la viande. En tout cas on fera bien de ne couvrir par de la viande que les 2/3 du besoin d'albumine. Mais il y a plus : les albumines végétales peuvent remplacer dans l'alimentation les albumines animales. Et si l'on objecte que de cette substitution doive résulter une diminution des forces, une moindre vitalité, il est des exemples nombreux qui permettent de dire qu'il n'en est rien. D'après Ranke, les bûcherons de la Forêt-Noire se nourrissent presque exclusivement de farines cuites dans du saindoux ; ils mangent pendant la semaine environ 1100 grammes de farine et seulement 85 à 90 grammes de saindoux, pas de viande, pas de fromage ; ils sont néanmoins d'une force herculéenne. De même les coolies japonais traînent à des vitesses considérables des charges énormes, et l'albumine qu'ils consomment est tout entière empruntée au régime végétal. Le régime purement végétal n'est donc pas incompatible avec la vie. Nous ne voulons pas dire toutefois qu'il faut soumettre les tuberculeux à un régime exclusivement hydrocarboné. Nous voulons seulement montrer la valeur des albumines végétales au point de vue nutritif.

Il est à noter que le tuberculeux éprouve très souvent au début de la cure alimentaire une répulsion insurmontable pour la viande crue, et il est de pratique courante que son appétit pour elle ne revient que lorsqu'il s'est entraîné à prendre autre chose, il semble donc naturel de faire appel aux albumines végétales pour combler le déficit de son alimentation.

Mais il est d'autres raisons qui nous font recommander les hydro-carbonés. Nous avons vu quelle difficulté le tuberculeux avait à fixer de l'albumine et déjà nous avons dit que les graisses et les hydrates de carbone étaient utiles chez lui, car elles lui permettaient d'économiser ses réserves d'albumine et même d'en fixer. Dans ce rôle d'épargne les hydrates de carbone ont, ainsi que l'ont montré les expériences de Kayser, une valeur plus grande que celle des graisses. On a pu chez le chien dans les cas les plus favorables, réduire la dépense protéique de 7 °/₀ au moyen des graisses et de 15 °/₀ au moyen des hydrates de carbone. De même, des rations de viande, insuffisantes pour couvrir le déchet protéique de l'organisme, deviennent suffisantes par addition d'hydrates de carbone. Des rations de viande suffisantes pour maintenir l'équilibre azoté déterminent une fixation d'azote quand elles sont additionnées d'hydrates de carbone.

Nous avons dit aussi qu'il y avait à s'occuper du besoin total de calories ; il semble bien difficile de demander aux aliments azotés de fournir plus de 35 à 40 °/₀ de ce besoin et comme notre tube digestif maîtrise facilement des grandes quantités d'hydrates de carbone et de graisse, il est logique de leur demander de combler ce besoin de calories, d'autant plus que les substances hydro-carbonées ne donnent comme produits de dédoublement que de l'acide carbonique et de l'eau.

A ce sujet il importe de ne pas perdre de vue l'importance considérable des hydrates de carbone. Il ne manque point de médecins qui d'une manière plus ou moins confuse considèrent les « sucreries » comme des consommations d'agrément ayant peu de valeur alimentaire. Il ne faut point oublier que chaque gramme de sucre représente environ 4 calories, et que les 15 grammes de sucre que nous pouvons mettre dans une tasse de café représentent un apport de 60 calories alors que le blanc d'un œuf de grosseur moyenne ne fournit que 20 à 25 calories. Ainsi une crème à la vanille faite avec un litre de lait, 8 jaunes d'œufs et 200 grammes de sucre, représente par 100 grammes un apport de 146 calories environ, dont 17 seulement proviennent des albuminoïdes et 129 des graisses et des sucres. La même somme totale de calories serait fournie par 178 grammes de viande crue environ, et nous savons que l'un de ces mets est plus difficile à faire accepter que l'autre.

Mais il y a plus.

Nous avons vu que dans certains cas, il y avait impossibilté absolue pour le tuberculeux à consommer des aliments gras ; or, il semblerait d'après certaines expériences biologiques que les hydrates de carbone puissent se transformer en graisses.

Persoz et Boussingault ont montré les premiers que l'on trouve chez les oies et les porcs nourris avec des aliments riches en amylacés (pomme de terre) une quantité de graisse supérieure à celle qui préexistait dans leurs aliments. Ischerwinsky, Maissl et Strohmer ont répété l'expérience et sont arrivés aux mêmes conclusions.

On admet (1) en général que cette transformation a lieu lorsque deux conditions sont remplies : 1° lorsqu'il reste un surplus d'hydrates de carbone disponibles, le besoin total en calories étant couvert; 2° lorsque les réserves de glycogène sont complètes. On voit en effet, après l'inanition, les réserves de glycogène du foie et des muscles se refaire assez rapidement, et ces réserves sont relativement considérables, puisqu'on peut les évaluer à quelques centaines de grammes; la transformation des hydrates de carbone en graisse ne commencerait qu'à partir du moment où ces réserves sont complètes.

Des expériences dues à M. Hanriot (2) tendent à donner à ce phénomène une signification beaucoup plus générale.

L'assimilation des sucres commencerait toujours par une transformation en graisses.

A supposer que ces hypothèses soient exactes, il y aurait donc là un moyen élégant de faire prendre aux tuberculeux la graisse dont ils ont besoin pour leur nutrition, tout en ménageant leur estomac. On a reproché, il est vrai, aux aliments hydrocarbonés, de provoquer chez certains sujets des fermentations intestinales excessives. Mais l'objection est de peu de valeur : ces phénomènes d'intolérance proviennent le plus souvent d'une mauvaise préparation de ces aliments et ces inconvé-

(1) Cf. Lambling, *Traité de pathologie générale* de Bouchard.
(2) *Archives de physiologie*, t. IV, page 268, année 1893.

nients disparaissent lorsqu'on les fait consommer sous forme de purée.

Telles sont les raisons qui nous conduisent à faire aux aliments hydrocarbonés une place importante dans le régime alimentaire des tuberculeux.

Nous allons maintenant les étudier plus en détail.

Les céréales.

De tous les aliments que fournit le règne végétal à l'homme, les graines de céréales sont de beaucouples plus importants. Les graines decéréales sont uniformément constituées par une enveloppe dure, renfermant un noyau blanc et tendre ; l'enveloppe est le son, le noyau la farine. L'analyse indique peu de différence de constitution entre ces deux parties ; au point de vue nutritif il y a entre elles une dissemblance totale. Le son est une substance sans valeur nutritive pour l'homme ; il traverse le tube digestif sans modifications par suite de sa structure très serrée et de sagangue de cellulose qui protége, contre l'action des sucs gastriques, les substances réellement alimentaires. L'homme ne saurait donc utiliser les graines de céréales telles quelles, si l'on ne remédiait à cet inconvénient en les mondant, en les concassant, et surtout par la mouture suivie de blutage.

Les farines de céréales contiennent en moyenne d'après Kœnig :

	Eau	Mat. azotées	Mat. grasses	Amidon	Cellulose
Blé	13,6	12,4	1,8	67,9	8,5
Seigle	15,3	11,5	1,8	67,8	2
Orge	13,8	11,1	2,1	64,9	5,3
Avoine	12,4	10,4	5,2	57,8	11,5
Maïs	13,1	9,9	4.6	68,4	2,5
Riz	13,1	7	0,9	77,4	0.6

D'après ce tableau, il est facile de se rendre compte que le blé renferme le plus de matières azotées. Il y a une notable quantité de matières grasses dans les farines de maïs et d'avoine, ce qui peut expliquer, au moins partiellement, les propriétés nutritives, parfois laxatives de ces farines (Cornet).

Le blé ne peut être considéré comme un aliment complet il renferme plusieurs albuminoïdes dont l'ensemble constitue le gluten. Ils paraissent d'une valeur nutritive et d'une digestibilité égale à celle des albumines animales quand ils sont à l'état de pureté. Le blé est très riche en amidon, très pauvre en matières grasses. Comme tous les aliments, où la fécule domine, le froment n'est facilement digéré qu'à l'état cuit. Son principal usage est le pain.

L'avoine, le seigle et l'orge ont une composition à peu près identique à celle du blé, mais ils ne sont pas employés dans l'alimentation de nos pays. Toutefois, on a recommandé chez les enfants rachitiques la farine d'avoine et il semble que ce soit logique par suite de la teneur en graisse et en phosphate de chaux de cette farine.

Le professeur Grancher recommande particulièrement le riz et il ne dédaigne pas d'en indiquer de mode de préparation ; le riz ne doit pas être, après cuisson, fondu en une pâtée, car alors surchargé d'eau, il est moins facilement attaqué par les sucs digestifs que s'il conservait sa forme. On l'accommode avec du sel et un peu de graisse. Il se prête aussi à une variété très grande de préparations, soupes, potages, mets sucrés.

Nous n'insisterons pas longuement sur le pain. Pas plus que la farine, qui a servi à sa préparation, le pain n'est un aliment complet, mais il peut constituer la base principale de l'alimentation, et de fait il représente la moitié de la ration alimentaire et même les trois quarts de cette ration dans la classe pauvre.

Cent parties de froment fournissent cent vingt-cinq parties de pain pour lesquelles Kœnig donne la composition :

Eau	35,6
Albumine	7
Graisse	0,5
Sucre	4
Amidon	51,5
Cellulose	0,3
Sels	1,1
	100

Au point de vue alimentaire la croûte est plus nourrissante que la mie. D'après une analyse de Barral la proportion de matières azotées contenues dans la croûte (13 p. 100) est le double de celle de la mie (6,7 p. 100).

La plupart des tuberculeux dyspeptiques supportent très mal le pain ; il y a avantage à leur faire préparer des pains minces très croustillants, ou bien leur recommander de ne manger que du pain grillé, des biscottes. Ils ne seront pas tentés ainsi de faire un usage trop grand de pain et de remplacer par cet aliment d'autres aliments plus nutritifs.

Dans ces dernières années, on a beaucoup insisté sur la valeur du pain complet, renfermant une partie notable de son. Mais en fait, nous dirons avec Rubner qu'il faut réserver le son aux ruminants qui l'utilisent beaucoup mieux que l'homme et nous le restituent ensuite sous forme de viande parfaitement assimilable.

A l'étude du pain se rattache celle des pâtisseries. Elles ont pour base, la farine fine de froment additionnée d'œufs, de beurre et de fruits. Surchargées de graisse, peut-être pourraient-elles occasionner quelques troubles chez certains malades, mais en général les pâtisseries sèches, les biscuits secs sont très bien tolérés et constituent des aliments dont la valeur n'est pas à dédaigner.

Les pâtes alimentaires.

Ce sont des produits industriels obtenus comme le pain, les biscuits, les biscottes, avec de la farine de blé soit seule, soit avec des œufs. Ce qui particularise les pâtes alimentaires, c'est qu'elles sont faites avec une pâte non fermentée, non levée. Ce principe marque l'infériorité des pâtes alimentaires sur le pain, au point de vue digestif. Heureusement que par la cuisson avec l'eau, on facilite la digestion de l'amidon.

La composition chimique est à peu près la même pour

les différentes pâtes, et dépend uniquement de la farine employée. La pâte aux œufs est plus nutritive et la structure en varie suivant la quantité des œufs. Préparées sans addition d'œufs, les pâtes ont la composition moyenne suivante d'après Balland :

	H2O	Mat. Azot.	Mat. grasses	Amidon	Cendres
Macaroni..........	12	10,89	0,65	74,70	0,50
Nouilles...........	12,9	11,58	0,60	75,21	0,65
Vermicelle........	10	12,50	0,80	75,51	0,50
Pâtes diverses.....	10,40	12,51	0,35	75,23	0,76

La valeur des différentes pâtes est donc un peu supérieure à celle du pain surtout si l'on choisit des farines de gruau plus azotées et plus minéralisées. Cette valeur nutritive augmente si l'on additionne la farine d'œufs ou de lait.

En raison de leur richesse en albumines et en hydrates de carbone, les pâtes alimentaires doivent tenir une grande place dans l'alimentation. Par la variété des préparations culinaires auxquelles elles se prêtent, elles permettent de rompre la monotonie du régime. Certes de par leur volume, elles ne sauraient prétendre à constituer la ration d'épargne, mais elles méritent d'être largement employées dans la ration d'entretien.

Ce que nous venons de dire pour les pâtes nous pouvons le répéter pour les semoules. Elles sont préparées avec des farines de céréales et divisées en petits fragments ayant la forme de grains de millet.

On emploie plus volontiers la semoule de blé et de riz et on prépare avec ces produits d'excellents potages ou des bouillies bien acceptés des malades. De même du tapioca qni ne provient pas d'une céréale quelconque mais d'une plante de la famille des Euphorbiacées le Manioc, et qui mélangé au bouillon ou au lait augmente la valeur de ces deux aliments, tout en étant très agréable et très facilement digéré.

Les légumineuses

Les légumineuses se distinguent des céréales par leur teneur en matières azotées, plus élevée. Plus que les céréales, elles se rapprochent, de par leur constitution chimique, de l'aliment complet.

Elles sont très riches en albumine, elles en renferment en moyenne de 22 à 24 0/0. La moitié environ de leur poids est représenté par les hydrates de carbone ; elles sont plus riches en matières minérales que les céréales, leur teneur en sels de potassium et de calcium est plus grande que celle en magnésium et en sodium tandis que l'acide phosphorique est en quantité moindre. Leur albumine appartient au groupe des globulines ou d'après d'autres auteurs au groupe des caséines.

Les plus employées dans l'alimentation sont les haricots, les lentilles, les pois, les fèves.

Balland (1) donne pour leur composition :

	Haricots		Lentilles		Fèves (2)	Pois	
	frais	secs	fraîches	sèches		frais	secs
Eau	10.	28.40	11.70	13.50	15.	10.60	14.20
Albumine	13.81	25.16	20.32	24.24	24.40	18.88	23.90
Mat. grass.	0.98	2.46	0.58	1.45	2.50	1.22	1.40
Mat. sucrées et fécul.	52.91	60.98	56.67	62.45	51.50	56.21	61.10
Cellulose.	2.46	4.62	2.96	3.56	3.	2.90	5.52

(1) Balland, *Revue du Service de l'intendance*, 1897, tome x, p. 227.

(2) D'après Kœnig.

La quantité de matières azotées varie donc de 21,4 à 24,3 0/0 ; les légumineuses sont donc plus nourrissantes que les céréales où cette quantité varie de 7 à 12 0/0.

Moins qu'elles pourtant, elles ne peuvent convenir pour constituer la base de l'alimentation. Toutefois le sujet de Rubner maintint sa richesse en albumine avec une ration de 520 grammes de petits pois desséchés. Elles absorbent pendant leur cuisson une grande quantité d'eau : une purée épaisse de légumineuses ne renferme guère que le quart de son poids de substances sèches, et un certain volume de boisson est nécessaire pour en faciliter la déglutition.

La digestibilité des légumineuses est très variable. Certaines, comme les pois, les lentilles, peuvent être considérées comme des aliments de facile digestion. D'autres comme les haricots, les pois chiches provoquent des fermentations intestinales avec dégagement de gaz.

Pour faciliter leur digestibilité, les légumineuses doivent être réduites en purée après ébullition dans une eau non calcaire ; la chaux, en effet, se combine à la globuline des légumineuses et donne un composé qui durcit par la cuisson.

Ainsi, réduites en purée, elles sont mieux absorbées. Les haricots non cassés, mais bouillis, pris journellement en quantités de 500 grammes sont mal digérés ; 82 % de la substance sèche et 70 % seulement d'azote sont absorbés. Par contre d'après les recherches d'Uffelmaun, les farines de haricots sont mieux digérées et la quantité d'albumine assimilée monte à 85-87 %.

C'est donc aux purées préparées avec des farines

finement moulues qu'il convient de donner la préférence.

On a cherché en Allemagne à augmenter la valeur nutritive des légumineuses en les combinant à de la poudre de viande. Ces préparations ont une saveur plus agréable et acquièrent par suite de cette combinaison une valeur nutritive très élevée.

Voici la composition des plus employées d'après Munck et Edwald :

	Tablettes de viande-légume.	Soupe condensée aux pois.
H^2O	12,3	8,7
Albumine	28,7	18,8
Graisse	2,2	24,5
Hydrates de carbone	49,9	35,7
Cellulose	9,9	1,5
Cendres	9,0	10,8

Ces substances donnent un aliment réconfortant et savoureux, dont la digestibilité tient le milieu entre les aliments végétaux et animaux.

Pommes de terre. — Parmi les tubercules farineux, la pomme de terre est le seul qui ait quelque importance. Les patates, les ignames, les topinambours, n'ont pas réussi à entrer dans l'alimentation journalière.

La pomme de terre est surtout très riche en eau, elle en contient de 75 à 90 0/0, l'azote qu'elle renferme n'est représenté par de l'albumine que pour trois cinquièmes environ, près de deux cinquièmes de l'azote total se trouve sous forme d'asparagine, de solanine. C'est un aliment de valeur, riche en hydrates de carbone représentés surtout par de la fécule et à un moindre degré par de la doxtrine. Voici, d'après Balland, les limites de variations des divers principes immédiats contenus dans la pomme de terre :

Eau......	66,10 à 80,60
Albumine.	1,40 à 2,80
Graisse...	0,04 à 0,14
Amidon...	15,60 à 29,80
Sucre....	— —
Cellulose.	0,40 à 0,70
Sels......	0,44 à 1,20

La pomme de terre renferme donc beaucoup plus d'eau que les céréales et les légumineuses ; mais comme elle n'en fixe pas par la cuisson, une fois cuite, elle n'en contient pas plus que ces dernières. La proportion de graisse et d'albumine qu'elle contient en fait plus que le riz, un aliment exclusivement hydro-carboné.

C'est dire qu'à elle seule, elle ne peut constituer l'alimentation. Son usage en grande quantité détermine de la diarrhée et des selles d'une odeur repoussante par suite de la fermentation butyrique qui se produit dans l'intestin. Pour couvrir le besoin en albumine il faudrait en ingérer 4 kil. 500.

C'est au contraire un aliment parfait quand on l'associe à des aliments azotés et gras, tels que la viande, les œufs, le lait, le fromage. La purée de pommes de terre, administrée à raison de 700 grammes de substance sèche est absorbée au point que seulement 4,6 0/0 de la substance sèche et 19 0/0 de l'azote sont éliminés par les fèces.

Sous forme de purée, préparée au lait ou au beurre, elle constitue un des aliments les plus légers que l'on puisse recommander aux tuberculeux dyspeptiques.

Mais il est encore une raison qui doit faire entrer dans une mesure assez large la pomme de terre dans le régime des tuberculeux, c'est l'influence qu'elle exerce sur la défécation. Dans un régime surtout composé de viande, et pour certains auteurs, tel doit être le régime du tuberculeux, les selles sont peu abondantes, sèches et dures. Au contraire, après l'addition d'une certaine quantité de pommes de terre, elles deviennent aqueuses et molles.

La pomme de terre n'est d'ailleurs pas seule à avoir cette action, les *carottes* la possèdent aussi. Au point de vue nutritif, la valeur de cette dernière est peu élevée, puisque, d'après l'analyse chimique, elle contient :

Eau	87,1
Albumine	1,0
Graisse	0,2
Hydrate de carbone	9,0
Cellulose	1,4
Cendres	0,9

Mais par suite de cette circonstance et pour varier les menus on peut l'employer en petites quantités dans le régime.

Nous avons dit que les autres tubercules farineux ne sont guère employés en nature. Toutefois, ils fournissent des produits très utilisés dans l'alimentation, tels que l'arrow-root, le tapioca dont nous avons déjà parlé, on peut en rapprocher le sagou, les saleps, les châtaignes.

Que dire des légumes verts?

Ce sont des aliments constitués par des parties de végétaux différentes, tiges (cardons), graines (petits pois), feuilles (salades), gousses (haricots verts). Leur caractère commun est de renfermer de la chlorophylle. Ils n'ont aucune valeur nutritive. Quelques-uns très bien tolérés chez les dyspeptiques comme les petits pois et les haricots, peuvent être recommandés aux tuberculeux, mais il ne semble pas que l'on aurait à se louer chez eux de l'oseille, des crucifères et du chou.

Nous ferons une exception toutefois en faveur des épinards et de la laitue. Ces légumes verts sont particulièrement riches en matières minérales.

D'après le professeur Ritter (1), ils renferment respectivement pour 1000 de subtances sèches :

	Potasse	Soude	Chaux	Magnésie	Oxyde de fer
Epinards	27.2	58.16	19.58	10.51	5.52
	A. Phosph.	So4H2	A. Silicique	Chlore	
Epinards	16.89	11.32	7.45	10.22	
	Potasse	Soude	Chaux	Magnésie	Oxyde de fer
Laitue	67.65	13.60	26.67	11.76	9.39
	A. Phosph.	So4H2	A. Silicique	Chlore	
Laitue	16.37	6.68	14.68	13.79	

Connaissant la déminéralisation des tuberculeux, il semble donc que l'on ne soit pas en droit de considérer seulement ces mets comme une chose accessoire, mais

(1) Discours au Congrès allemand de Brunswick, 1899.

bien plutôt comme plats de résistance dans les repas journaliers.

Les aliments sucrés.

Les aliments sucrés ne doivent pas être éliminés de l'alimentation du tuberculeux, ils sont chez lui d'autant plus précieux qu'ils peuvent compléter une alimentation hydro-carbonée insuffisante.

Le glycose constitue pour l'homme sain un aliment précieux; mais surtout chez le tuberculeux dyspeptique sa valeur augmente du fait qu'il n'impose à ses organes digestifs aucun effort.

Récemment, le professeur Chauveau a très justement insisté sur la valeur alimentaire du sucre. Non seulement c'est de tous les aliments le plus apte à fournir le potentiel indispensable au travail physiologique, mais il semble favoriser l'assimilation des albuminoïdes et modérer le travail de désassimilation. Cette propriété devient apparente, surtout dans les conditions physiologiques comportant l'édification de tissus nouveaux, les suites de surmenage, les convalescences.

Toutefois, l'expérience montre que si de petites doses de sucre sont en général bien supportées des dyspeptiques, des doses élevées entraînent facilement des troubles digestifs, notamment des fermentations intestinales, de la diarrhée, de l'inappétence.

C'est à cause de leur richesse en hydrates de carbone et en sucre, que les fruits pourront figurer dans le régime du tuberculeux. Ils jouissent d'ailleurs d'une action laxative réelle, et peuvent ainsi prévenir le danger d'une alimentation carnée trop abondante.

Voici, d'après Kœnig, la composition de quelques-uns :

A l'état frais :

	Pommes	Poires	Prunes	Cerises	Raisins	Oranges.
Eau	84.4	83.0	84.9	79.8	78.2	89.0
Albumine	0.6	0.4	0.6	0.7	0.6	0.7
Acide	0.2	0.2	1.5	0.9	0.8	2.4
Sucre	7.2	8.3	3.6	10.1	24.4	1.6
Hydrates de carbone	5.8	3.5	4.7	1.7	1.9	1.0
Cellulose et noyaux	1.5	4.3	4.3	6.4	3.6	1.8
Cendres	0.5	0.3	0.6	0.5	0.6	0.5

A l'état sec :

						Figues
Eau	28.0	29.4	29.3	49.4	32.0	31.2
Albumine	0.3	2.6	2 3	2.1	2.4	4.0
Acide	3.6	0.8	2.7			1.2
Sucre	12.0	29.1	44.4	31.2	50.6	49.8
Hydrates de carbone	16.9	29.7	17.9	14.3	7.5	4.5
Cellulose et noyaux	5.0	6.9	1.5	0.6	1.7	5.0
Cendres	1.6	1.7	1.3	1.6	2	2.9

D'après ces tableaux, on voit que la proportion d'eau contenue dans les fruits est trèsélevée. Les graisses en sont absentes, et l'albumine n'y figure que pour une quantité très minime. Les fruits sont donc un aliment fort peu nourrissant.

En général, les fruits crûs sont mal supportés chez les dyspeptiques et ils provoquent très vite des phénomènes de gonflement. Les fruits cuits sont d'ailleurs mieux tolérés que les fruits crus. Soit que la cuisson ait modifié la charpente cellulaire, soit que les levures adhérentes aux pellicules aient été détruites par la chaleur et que de ce fait la fermentation gastrique du sucre soit retardée, les fruits cuits se digèrent, d'une façon incontestable, mieux que les autres. Leur valeur nutritive est d'ailleurs plus grande par suite de la quantité d'eau évaporée et de sucre que l'on y ajoute.

Quoi qu'il en soit, on peut tolérer en petite quantité des fruits crus tels que la pêche, le raisin, les oranges ; les prunes, les fraises, les cerises sont assez bien supportées; les abricots, les pommes, les poires, le melon, sont plus indigestes. En fait, on doit se guider sur la tolérance du malade et ne pas lui interdire de parti pris des aliments qui peuvent lui faire plaisir sans lui nuire.

Il peut être fait appel aux différents aliments sucrés, aux entremets composés de sucre, d'œufs et de lait, en proportions que l'art culinaire modifie à l'infini. Ces plats introduisent une variation dans le régime, et permettent sous un petit volume de faire absorber un nombre considérable de calories.

De l'étude rapide que nous avons faite des aliments hydro-carbonés, nous pouvons donc conclure à leur utilité incontestable dans le régime alimentaire du tuberculeux. Il nous reste, pour être complet, à parler du lait et des œufs. C'est ce que nous allons faire dans notre prochain chapitre.

CHAPITRE VII

Le lait et les œufs

Le lait et les œufs font partie des aliments dits complets parce que les principes albuminoïdes et non azotés s'y trouvent réunis en proportions variables.

Les matières albuminoïdes sont représentées entre autres par une principale : la *caséine* qui renferme, outre l'azote qui la caractérise, un peu de phosphore. Cette caséine est mélangée dans le lait de vache à une petite quantité d'albumine coagulable par la chaleur. Il est à noter que le lait de vache contient plus de caséine que le lait de femme (3,5 0/0 contre 2 0/0).

La matière grasse est constituée par le beurre qui se trouve en petits globules très serrés les uns contre les autres, qui forment presque exclusivement la crème à la surface du lait frais.

Les hydrates de carbone sont représentés dans le lait par un sucre isomère de la saccharose, la *lactose* qui se trouve en solution dans le petit lait lorsque l'on a, par le caillage, précipité la caséine.

D'après Munck et Ewald, telle est la composition moyenne du lait de vache, il renferme pour cent :

Eau	87,7
Caséine	3,0
Albumine	,4
Graisse	3,7
Lactose	4,5
Cendres	,7

L'eau tient en dissolution avec la lactose, des sels minéraux. Nous empruntons à Cornet le tableau suivant, indiquant les quantités de sels pour 100 grammes.

	Chlorures.	
Sodium	1.83 (Haidlen)	3,41 (Filhol et Joly)
Potassium	0,34 —	0,01 —
	Phosphates.	
Chaux	3,44 (Haidlen)	3,87 (Filhol et Joly)
Magnésie	0,64 —	0,87
Sodium		
Potassium		
	Carbonates.	
Sodium	0,67 (Marchand)	
Potassium		
De fer	2,3 milligrammes pour 100 d'après Bunge.	

Le lait est pour l'adulte un aliment des plus digestibles. La caséine y est contenue à l'état de fine division très favorable à l'action des sucs gastriques. Aucune enveloppe difficilement soluble ne gêne cette action comme dans la viande et surtout dans les cellules végétales. La caséine est dédoublée en albumose et en caséum, grâce à la présence dans le lait des sels de calcium (Hammersten), il y a ensuite partiellement dans l'estomac sinon exclusivement dans l'intestin, peptonisation de la caséine. En outre le sucre de lait est décomposé en glucose et galactose (Dastre).

Non seulement le lait ne renferme que des substances digestibles, mais il ne renferme que de telles substances. C'est un des aliments les mieux assimilés ; d'après Uffelmann 98,8 0/0 de l'albumine, 94,5 0/0 de la graisse et toute la lactose sont absorbés.

Il convient d'insister sur l'action diurétique du lait, sous son influence, la dépuration urinaire devient plus parfaite ; les poisons gastro-intestinaux se trouvent réduits au minimum.

Le lait est encore remarquable par le peu d'excitation motrice et sécrétoire qu'il provoque sur l'estomac. Tous les expérimentateurs sont d'accord pour admettre qu'aucun aliment n'excite aussi peu la sécrétion chlorhydrique ; tous les cliniciens ont constaté qu'aucun ne franchit plus facilement un pylore en état de spasme permanent.

Etant donné cette heureuse composition du lait renfermant les trois groupes de substances alimentaires ; cette facile digestibilité, et cette absorption presque complète, il y a lieu de se demander si le lait ne pourrait pas constituer l'aliment unique du tuberculeux, à seule fin de réduire chez lui les chances d'auto-intoxication à leur minimum et de prévenir les troubles digestifs.

Nous ne le pensons pas et pour plusieurs raisons. D'après les moyennes de Charles Girard le lait de vache renferme pour un litre 36 grammes d'albumine, 40 grammes de graisse et 50 grammes d'hvdro-carbones, valant en tout 720 calories.

D'après ces chiffres, la dose quotidienne de trois litres paraît plus que suffisante pour assurer à l'organisme le minimum d'albuminoïdes et de graisse exigible; mais elle se montre tout à fait insuffisante pour les hydrates de carbone. Certes l'excès de graisse peut remplacer une quantité isoglycosique de lactose, soit 100 grammes environ, mais même en tenant compte de cette suppléance, il n'en reste pas moins un déficit de 150 grammes d'hydrates de carbone. Trois litres de lait constituent donc une ration insuffisante pour un homme de poids normal.

Pour arriver au chiffre normal d'hydrates de carbone, il faudrait aller jusqu'à quatre litres. A cette dose, le lait constituerait une alimentation complète suffisante pour un adulte de poids moyen et permettrait même la production d'un certain travail.

Mais il est très rare de pouvoir faire absorber longtemps pareille quantité de lait. Le dégoût que provoque à la longue une alimentation exclusive, s'augmente de la répulsion causée par le volume exagéré du liquide à absorber. Bien vite, le sujet soumis à un tel régime, diminue la quantité, la dénutrition en est la conséquence, et le régime du lait devient un régime d'inanition. Pour cette raison, le lait ne peut donc être l'aliment exclusif du tuberculeux, attendu d'ailleurs que la quantité de lait ingéré servirait seulement à couvrir les besoins de l'organisme mais ne saurait fournir la ration d'épargne.

De plus, étant connue la pauvreté en fer et en chlorures du lait, il ne semble pas qu'on puisse le donner pendant longtemps sans nuire. Trois litres de lait de vache apportent environ 106 grammes d'albumine et 2235 calories. Mais la quantité de fer ingérée en même temps n'est que de 8 à 5 milligrammes, tandis que la ration d'un individu, choisissant librement sa nourriture, en contient d'après Lapique (1) de 20 à 30 milligrammes.

Sans doute le rapprochement de ces deux nombres ne permet pas d'affirmer *à priori* que l'alimentation lactée exclusive conduise à l'anémie. Mais il y a là un avertissement dont la clinique ne peut manquer de tenir compte, surtout quand nous savons quels liens étroits unissent la chlorose et la tuberculose.

Mais à côté de ces inconvénients indiscutables, le lait offre de multiples avantages. Avec les œufs, il doit constituer la ration d'épargne.

Par son action éliminatrice, il rend possible une alimentation azotée abondante, en ménageant les divers émonctoires; il empêche l'auto-intoxication.

On ne saurait fixer la dose à donner, elle dépend de la tolérance du malade. Tantôt celui-ci présente pour le lait de la répugnance, il sera facile généralement d'en triompher

(1) Lapique, *Thèse* de la Faculté des sciences, 1897.

en modifiant la saveur du lait par différents artifices. Tel prend le lait bouilli avec dégoût qui le tolère cru, et réciproquement, les uns le préfèrent chaud, les autres froid, d'autres sucré, salé. Pour modifier sa saveur on peut recourir aux moyens les plus divers : addition de kirsch, de café, de cacao, de traces d'eau de laurier-cerise, de rhum.

Quelle que soit la quantité de lait ingérée, il est indispensable de le boire par petites gorgées, suffisamment espacées pour que la coagulation de chacune d'elles puisse se produire dans l'estomac avant l'ingestion de la suivante. On obtient ainsi la formation d'une série de petits caillots au lieu d'un seul caséum volumineux, aussi difficile à dissocier par le suc gastrique qu'à éliminer par le pylore.

De ce que le lait est pauvre relativement en hydrates de carbone, on peut songer à lui associer des aliments riches en amidon et en sucre ; on peut utiliser avec avantage le riz au lait bien toléré. L'association des œufs au lait sous forme de crème, d'entremets, est moins logique car elle exagère le caractère trop azoté de l'alimentation lactée.

En ayant recours à ces artifices, les malades arriveront à consommer en moyenne 1 à 2 litres de lait par jour en plus de leur ration d'entretien empruntée aux différents aliments que nous avons énumérés.

Donné de cette façon, et à la dose que nous venons d'indiquer, comme supplément au régime ordinaire, le lait a une action que les recherches de F. Wolff Tunnermann au sanatorium de Reiboldsgrun ont mise en lumière.

Sous son influence, le poids augmente pendant quelques jours, puis reste stationnaire et quand on cesse alors le lait, le malade perd ce qu'il a gagné, le fait se produit régulièrement et d'une façon indépendante de la quantité de lait donné et de la gravité de la tuberculose.

L'auteur en conclut que le régime lacté peut être utilisé d'une façon passagère chez les malades dont le poids diminue ou encore chez les tuberculeux qui n'augmentent pas de poids. Il attribue cette augmentation passagère sous l'influence du régime lacté à une sorte d'excitation des échanges cellulaires produite par cet aliment.

En augmentant la sécrétion urinaire le lait élimine une quantité considérable de toxines et il combat à merveille les intoxications d'origine intestinale, il possède en outre une force retardatrice sur la putréfaction des albuminoïdes et la formation des produits de décomposition dans l'intestin.

Les fromages.

Nous sommes amené à nous occuper des fromages ; ils sont constitués par le caséum qui se sépare du lait sous l'action de la présure. Si le lait a été préalablement écrémé, la caséum ne renferme que peu de graisse et le fromage est dit maigre ; si le lait est complet le fromage est gras.

C'est la maturation qui distingue les fromages faits ou fermentés des fromages non faits ou non fermentés et surtout des fromages frais qui se consomment presque aussitôt préparés. Cette maturation est l'œuvre de nombreux microbes qui ont fait l'objet de nombreux travaux de M. Duclaux.

La caséine est d'abord en partie peptonisée, puis les peptones elles-mêmes sont attaquées et on voit apparaître des produits de destruction plus avancée de la matière albuminoïde : leucéines, leucine, tyrosine, ammoniaques composées et même ammoniaque.

Une portion des corps gras est saponifiée, la glycérine et les acides gras qui proviennent de leur dédoublement, peuvent subir ultérieurement une destruction plus profonde de leur molécule. C'est sans doute aux acides gras volatils (butyrique, caprolyque, valérianique...) que l'on doit attribuer le goût « piquant » des fromages.

Que les fromages soient soumis ou non aux phénomènes de maturation, ils ont la même composition fondamentale qui permet de les apprécier en tant qu'aliments.

Les fromages gras renferment :

Matières albumineuses (caséine)...	26 0/0
Matières grasses (beurre).........	30
Hydrates de carbone (lactose).....	1,5

Les fromages demi-gras :

Matières albumineuses...........	24 0/0
Matières grasses.................	25
Hydrates de carbone.............	2

Les maigres :

Matières albumineuses...........	34 0/0
Matières grasses.................	10
Hydrates de carbone.............	3,5

Ils contiennent à peu près tous la même quantité de sels minéraux, 4 0/0. Au contraire le contenu en eau varie de 25 à 60 0/0 suivant qu'il s'agit de fromages faits ou de fromages frais.

Excellent aliment, en raison des matières albuminoïdes et des graisses qu'ils renferment, les fromages ne sauraient suffire à assurer l'alimentation par suite de leur faible quantité d'hydrates de carbone. Mais en les combinant avec les céréales (macaroni, nouilles), ils permettent de constituer une alimentation complète.

La digestibilité des fromages paraît très grande : ils possèdent même sur l'estomac une action excitante qui facilite la digestion des autres aliments. Beaucoup de personnes digèrent mal sans fromages. Peut-être les diastases microbiennes peuvent-elles, jusqu'à un certain point, suppléer les ferments digestifs insuffisants ; il est plus probable que l'excitation provoquée sur les glandes gastriques par les produits sapides et odorants joue le principal rôle dans l'amélioration de la digestion.

Il est toute une série de fromages, qu'il faut interdire aux tuberculeux qui souffrent tant soit peu des voies digestives, ce sont les fromages faits ou fermentés. Ces produits sont trop gras.

Au contraire les fromages non soumis à la maturation, mais surtout les fromages frais, fussent-ils gras, peuvent convenir dans certains cas.

A ce titre les fromages blancs, préparés avec du lait plus ou moins écrémé et mis en présure sont à conseiller. Payer donne pour l'un d'eux la composition :

Eau	69 gr.
Matières albuminoïdes...	15
Matières grasses.........	10
Hydrates de carbone....	6

On peut encore donner des fromages à la crème, des fromages en double, triple crème si connus sous les noms les plus divers, suisses, petits suisses.

La valeur nutritive du fromage doit donc lui donner une place dans l'alimentation, et son bas prix permet de compléter dans la classe pauvre une ration azotée insuffisante.

Képhir.

Il sera parfois commode pour certains malades qu'on ne sait comment alimenter, soit par suite d'une intolérance gastrique, soit par suite d'anorexie et de dégoût, de recourir au koumys et au képhir.

Le koumys très vanté en Russie se prépare au moyen du lait de jument ; il est peu connu en France.

Il n'en est pas de même du képhir. Il se prépare en mettant à une température de 18 à 20° du lait de vache en contact avec un ferment particulier, recueilli dans des fermentations antérieures et où l'on trouve d'une manière constante deux organismes, une levure et un bacille : Dispora Caucasi. On prépare industriellement le képhir, mais on peut le préparer ménagèrement en mettant dans le lait une poudre sèche renfermant les ferments spéciaux.

La composition du képhir est la suivante :

Caséine	2,50 °/₀
Matières grasses	2,00
Lactose	3,80
Alcool	0,50 à 1,50
Acide lactique	1,0 à 1,50
Peptone	0,20

Le képhir contient donc moins de caséine, de beurre, de lactose que le lait car ces éléments ont servi aux micro-organismes pour vivre et évoluer en produisant des phénomènes de fermentation avec naissance d'alcool, d'acide lactique et carbonique et d'un peu de peptone.

Les modifications subies par la caséine rendent le képhir plus assimilable. Marry a montré que l'absorption en est plus complète. Par son acide lactique, son acide carbonique, il exerce une action stimulante sur les phénomènes digestifs dans l'estomac. L'excitation de la sécrétion est remarquable et tellement constante que d'après M. Hayem, quand il est impossible de l'obtenir, on est en droit de conclure à une atrophie totale des glandes gastriques. C'est essentiellement un modificateur des états hypochlorhydriques, et l'existence de la diarrhée est une indication de plus à son emploi.

De par ses propriétés, le képhir est donc indiqué chez les tuberculeux anorexiques et hypochlorhydriques. M. Hayem conseille de prendre le képhir en trois portions : la première entre les deux premiers déjeuners, la seconde entre le déjeuner et le dîner, la troisième, le soir. A partir de deux bouteilles, les malades doivent consommer une partie du képhir aux repas, une partie en dehors d'eux.

Donné de cette façon, le képhir est généralement toléré, S'il provoquait du dégoût, on devrait commencer par de faibles doses, l'additionner de sucre et d'eau de Seltz et la tolérance s'établirait.

Les œufs.

Les œufs constituent pour le tuberculeux un aliment très précieux, il ne semble pas qu'il ait pour eux la même répugnance que pour le lait et la viande, et contrairement à ce qui arrive pour ces dernières substances, ils ne connaissent pour ainsi dire aucune contre-indication.

L'œuf de poule pèse en moyenne de 45 à 70 grammes. La composition moyenne d'un œuf de 53 grammes est indiquée dans ce tableau :

	Coquille.	Blanc.	Jaune.	Total (sauf la coquille).
Eau...............	»	26,7	8,2	34,9
Albumine..........	0,25	4,0	2,6	6,6
Graisse, lécithine ..	»	0,1	5,0	5,1
Sels..............	5,75	0,2	0,2	0,4
	6.00	31.0	16.0	47.0

Chaque œuf renferme en moyenne 6 gr. 5 d'albumine et 5 grammes de graisse. Le jaune est naturellement plus riche en substances fines que le blanc, il renferme la presque totalité des matières grasses. Le jaune d'œuf renferme une quantité notable de lécithine, d'après

Goble il renfermerait 8 °/₀ de son poids de lécithine, un peu de cholestérine.

Il ne semble pas qu'on puisse adresser aux œufs le reproche que nous faisions au lait, à savoir d'être pauvres en fer. Bunge a montré qu'il y a dans le jaune d'œuf une nucléine ferrugineuse encore incomplètement définie, il est vrai, en tant qu'individu chimique, à laquelle il a donné le nom d'hématogène. Elle renferme 0,29 0/0 de fer, richesse considérable. Bunge s'est efforcé de démontrer en outre que l'hématogène est absorbée par la voie digestive, et participerait à la production de l'hémoglobine.

La lécithine est une combinaison d'acide phosphoglycérique avec la névrine et les acides oléique et palmitique. Elle représente un aliment riche en phosphore. Un jaune d'œuf moyen renferme environ 0,35 d'acide phosphoglycérique à l'état de lécithine.

Les œufs ne sauraient constituer l'alimentation unique du tuberculeux. 15 œufs environ procureraient à l'adulte une ration normale d'albumine avec un excès de graisse; l'alimentation n'en serait pas moins insuffisante par suite du défaut des hydrates de carbone. On a dit à tort que les œufs constituent un aliment complet parce qu'ils suffisent au développement du poulet ; on a oublié qu'ils n'y suffisent qu'à la condition que les poulets soient couvés, c'est-à-dire reçoivent de l'extérieur la chaleur que ne peut leur fournir leur alimentation.

Il convient de réserver les œufs pour la ration de guérison des tuberculeux, ils sont pris avec plaisir, car on peut les faire admettre sous des formes très variées. Comme l'a dit Sabourin c'est un aliment à la portée des malades à toute heure de jour et de nuit, et sa préparation n'exige à peine que quelques minutes.

CHAPITRE VIII

Principes généraux du régime des tuberculeux

Nous en avons fini avec l'étude des différents aliments ; d'une façon rapide nous avons passé en revue les principaux. Nous avons étudié pour chacun d'eux leurs propriétés nutritives, leur digestibilité et le rang qu'ils devaient occuper dans le régime alimentaire. Partant de ces données, il nous serait facile de fixer un régime type qui renfermerait sous la forme la plus assimilable tous les aliments nécessaires pour fournir la ration d'entretien et de guérison. Mais en réalité cette prétention serait illusoire de vouloir indiquer à tous les tuberculeux le même régime ; alors que ce ne sont pas les malades qui doivent se plier au régime, mais au contraire le régime qui doit les suivre suivant les modalités de leur affection et les complications qui se manifestent.

Ainsi que le dit Pégurier, la réglementation systématique de la composition des repas, des heures des repas, des intervalles des repas nécessaires aux digestions plus lentes ou plus rapides suivant les cas, est pratiquement irréalisable.

Mais de ce que l'on ne saurait fixer un régime uniforme, il ne s'ensuit pas qu'il ne puisse y avoir des règles dans lesquelles doive se mouvoir le régime.

Un certain nombre de règles générales sont souvent applicables dans la majorité des cas, parce que les tuberculeux sont soumis à un certain nombre de conditions physiologiques communes.

I. *Quelles sont ces règles ?*

Nous avons vu qu'au début de la cure alimentaire, le tuberculeux se trouve dans des conditions d'alimentation insuffisante. Il *convient donc tout d'abord de lui donner une alimentation qui se rapproche autant que possible de la formule connue de la ration d'entretien.* Mais ce desideratum dont l'importance s'impose, n'est pas toujours d'une réalisation facile. On se trouve quelquefois en présence de conditions pathologiques qui rendent presque impossible l'exécution et l'utilisation de la ration normale d'entretien.

Tantôt, cela tient au manque d'appétit, ou même au dégoût manifesté par les malades pour l'alimentation ; chez d'autres, cela peut tenir à ce que les modifications gastriques rendent précaire la digestion d'un certain ordre de substances.

Il faut donc ramener tout d'abord la nutrition à son taux normal. Au tuberculeux anorexique, il ne suffit pas de dire : « mangez tout de même, l'appétit vient en mangeant », ce n'est pas toujours vrai, il s'en faut. Il convient d'exciter son appétit en ayant recours aux différents mets qui lui plaisent le plus, et c'est peu à peu qu'on ajoutera à son alimentation et sans vouloir aller trop vite. Les viandes finement divisées, en particulier la pulpe de viande crue, les œufs, les purées, les farines seront les aliments de choix.

Le lait, le képhir, rendront parfois les plus grands services.

Le médecin s'ingéniera à modifier jour par jour le menu, il entrera dans le détail des préparations culinaires, et en agissant ainsi, il rendra les plus grands services à son malade.

Et ce premier pas fait, lorsque ces malades qui depuis longtemps refusaient une nourriture suffisante, prendront plaisir aux repas, lorsque leurs forces reviendront et avec elles, l'espoir de guérir, alors seulement le médecin pourra songer à réaliser si possible une provision de réserves dans l'organisme pour parer aux mauvais jours. Mais il faut se rappeler ce que nous avons déjà dit de la fixation de l'albumine. Si du fait de son état d'inanition incomplète, le tuberculeux se trouve dans des conditions favorables à la régénération des tissus par fixation de l'albumine, ce dernier phénomène n'est pas un fait purement mécanique mais dépend de l'activité des cellules existantes.

Si donc celles-ci ont été ou sont encore profondément impressionnées par la toxine tuberculeuse, on peut assister à ce phénomène trompeur et déconcertant d'un sujet suralimenté, supportant la suralimentation, engraissant, mais cependant ne faisant pas de gain en azote, pouvant même se trouver en déficit azoté (Grancher) (1).

(1) *Traité de médecine,*, Brouardel et Gilbert, t. VIII.

II. *Il faut éviter la surcharge du tube digestif.*

S'il faut nourrir suffisamment les tuberculeux, qui souvent n'ont que trop tendance à restreindre leur alimentation, il ne faut pas cependant tomber dans l'excès contraire et leur faire ingérer une masse de substances alimentaires, trop supérieure à la quantité qu'ils peuvent utiliser.

Cette surcharge alimentaire favoriserait le relâchement et l'ataxie de l'estomac qui menace tous les tuberculeux dyspeptiques. Les sucs digestifs pénètrent difficilement une masse alimentaire considérable. Les produits qui y prennent naissance entretiennent une irritation exagérée et trop prolongée de la muqueuse stomacale.

Il sera facile de remédier à cette surcharge en utilisant les aliments les plus riches en principes nutritifs ; et d'après ce que nous avons dit, la viande, les œufs, les poissons, le lait, les légumes féculents sont tout indiqués. Pour faciliter leur digestibilité on pourra les diviser d'une façon très complète : on éliminera les sauces grasses qui retardent la digestion, et on recommandera surtout les viandes crues, grillées, rôties.

III. *On évitera les irritations inutiles.*

Il faut éviter au tube digestif et surtout à l'estomac les irritations inutiles, et modérer autant que possible celles qui peuvent être nuisibles. Ces irritations peuvent être d'ordre chimique ou d'ordre mécanique.

1° L'alcool, le vin rouge, qui est à la fois assez riche en alcool et en acide sont fortement irritants. Ils peuvent causer des sensations douloureuses. Il convient de les éliminer de l'alimentation des tuberculeux et leur recommander de boire de l'eau pure.

Il importe de même de signaler la fréquence des troubles gastriques dus à des médications diverses : créosote, tannin...

M. Hayem a fait remarquer que la dyspepsie des chlorotiques et des tuberculeux tient le plus souvent à l'abus des médicaments ; et sous ce rapport, il est bon de signaler les effets nuisibles des vins de quinquina.

2° *Irritations d'ordre mécanique.* — Pour réduire au minimum, les irritations d'ordre mécanique, il importe que les aliments soient dépourvus de leur gangue animale, comme le tissu conjonctif, les aponévroses, les vaisseaux, les tendons ; nous avons vu la meilleure préparation de viande qui consiste à la donner à l'état de pulpe. De même les végétaux doivent être débarrassés de leur gangue, la cellulose.

C'est pour cette raison que les légumes verts devront être peu employés, et très finement hachés (épinards) et que les purées de légumes sont mieux tolérées que les légumes préparés tels quels.

L'usage des condiments doit être sinon interdit tout au moins très limité ; il faut rejeter toutes les sauces fortement épicées, additionnées de poivre, de clous de girofle, de cornichons, etc.

La cuisine du tuberculeux comme celle du dyspeptique doit être fort simple : le sel en quantité modérée devrait être le seul assaisonnement employé.

IV. *Réduire au minimum l'auto-intoxication d'origine gastro-intestinale.*

Le régime lacté constitue l'alimentation la plus propre à combattre et à diminuer les auto-intoxications ; le lait de bonne qualité n'apporte lui-même aucune toxine, aucun produit de putréfaction, il ne laisse aussi qu'un résidu peu considérable, enfin il provoque une polyurie qui aide beaucoup à l'élimination des poisons.

Mais nous avons déjà montré que si le lait était indiqué dans certains cas, et devait entrer dans l'alimentation pour fournir surtout la ration d'épargne, il ne pouvait constituer l'aliment unique du tuberculeux, et qu'il était nécessaire de faire appel à d'autres substances. C'est aussi un aliment pour lequel la répugnance vient vite lorsqu'il est consommé journellement.

Nous avons également montré dans un précédent chapitre les dangers de l'alimentation carnée excessive, par suite des produits de désassimilation auxquels donne lieu la viande. Mais on ne saurait trop insister sur ce point, alors que l'on tend à gaver les tuberculeux de viande crue.

Le professeur Landouzy a souligné avec raison les inconvénients les plus graves de la viande crue et de ses dérivés. Ces inconvénients sont précisément les accidents toxi-alimentaires qui ont fait dire à M. Landouzy que la suralimentation carnée était en réalité de la surintoxication.

Des expériences récentes entreprises par M. Dufour (1) (de Vichy) sur une série de chiens, le conduisent à conclure que le régime carné exclusif ou surabondant produit de la congestion des reins et du foie et augmente notablement la somme des déchets qui circulent dans les tissus.

Un sujet soumis à l'alimentation exclusive et surabondante par la viande est en imminence d'auto-intoxication. Cela explique, dit-il, les accidents dus au régime carné et à la suralimentation qui ont été observés chez les tuberculeux et dont M. Patoir de Lille, faisait connaître dernièrement deux cas très démonstratifs dans l'*Echo Médical du Nord.*

Nous savons combien est fréquente l'évolution de la tuberculose chez les alcooliques. Or chez ces derniers, les reins et le foie ont déjà été lésés par l'alcool, et on comprend facilement qu'une alimentation carnée abondante, provoque plus facilement chez eux que chez d'autres dont les fonctions d'élimination sont conservées d'une façon à près normale, des phénomènes d'auto-intoxication, conséquence d'une insuffisance rénale ou hépatique.

Ainsi bien alimenter le tuberculeux, ne signifie pas le gorger de nourriture à tort et à travers, mais au con-

(1) Dufour, Communication au Congrès de Toulouse, avril 1902.
(2) Patoir, *Echo Médical du Nord*, février 1902.

traire chercher à obtenir le maximum d'effet nutritif en limitant au minimum la fatigue des voies digestives.

En fait, il n'est nullement nécessaire d'alimenter à l'excès les tuberculeux. Nous savons que l'engraissement obtenu par cette méthode est factice et qu'il suffit d'une circonstance, simple indigestion, diarrhée, pour faire tomber le poids des malades soumis à la suralimentation. Et il faudrait d'autre part savoir si les aliments introduits en excès sont réellement absorbés, ou au contraire n'encombrent pas de leurs déchets l'organisme et ne créent une imminence morbide dont les effets nocifs ne se surajoutent à ceux de l'infection tuberculeuse.

CHAPITRE IX

Le Régime alimentaire et la Réparation phosphorée

Jusqu'à présent nous nous sommes surtout occupé de préciser les quantités d'albumines, de graisses, d'hydrates de carbone que pouvaient renfermer les aliments, et nous n'avons nullement insisté sur leur teneur en sels minéraux, et notamment en acide phosphorique. Il semble cependant que la question soit d'importance et mérite de retenir quelque peu l'attention.

La présence de substances minérales dans les tissus et les liquides de l'organisme et dans les divers aliments végétaux et animaux est un fait que l'on a constaté de bonne heure ; mais la nécessité très générale d'une alimentation minérale régulière n'a été comprise qu'à une époque très rapprochée de nous. Liebig avait bien reconnu l'importance de ce problème et dès 1851 dans ses Lettres sur la chimie il insistait avec force sur le rôle important que jouent probablement les aliments minéraux : il allait même jusqu'à proclamer qu'en l'absence des matériaux salins, la digestion des aliments organiques serait impossible. Toutefois la démonstration expérimentale du rôle des sels minéraux chez l'adulte, n'a été fournie qu'à une époque relativement récente, puisque les classiques expériences de Forster sur l'inanition minérale faites à Munich, ne remontent qu'à 1869. Ces expériences ont consisté à nourrir des chiens adultes avec des résidus de viande provenant de la préparation de l'extrait de viande de Liebig et ne contenant plus que 0,8 de cendres pour 100 grammes de substance sèche. Ces résidus étaient additionnés de graisse, de sucre, d'amidon. Après 26 à 36 jours, les chiens soumis à ce régime de l'inanition minérale, après avoir présenté des accidents nerveux très grands, étaient mourants, tandis que l'inanition complète ne tue en général ces animaux qu'au bout de 40 à 60 jours. Des pigeons soumis au même régime se comportèrent de même. L'assimilation s'opérait comme à l'ordinaire et cependant les animaux s'affaiblissaient de jour en jour et devenaient indifférents à tout ce qui les entourait. Ces exemples démontrent donc qu'il n'est pas juste, dans toutes les questions de nutrition de ne tenir compte que des corps azotés, des féculents et des graisses et de traiter les sels minéraux en quantité négligeable. Ces expériences nous permettent toutefois de conclure seulement à la nécessité d'un apport constant d'aliments minéraux, mais elles ne nous apprennent rien sur la quantité, ni sur la nature des sels qu'exige le besoin de la vie.

Dans une série d'expériences entreprises par MM. Chanin (1) et Guillimonat pour étudier l'action des matières

(1) Ve Congrès de méd. Interne, Lille, 1899.

minérales sur les variations de la résistance aux maladies et les modifications de l'économie, ces auteurs ont vu que les animaux minéralisés ont les poils plus lisses, les mouvements plus agiles ; leur urine est plus abondante, un quart, un tiers en plus ; l'urée par litre est plus élevée, le rapport de l'azote de cette urée à l'azote total oscille autour de 0,93, il ne dépasse guère 0,88 ou 0,89 chez les animaux ayant reçu des acides organiques.

De plus, dans le sérum des lapins modifiés par les substances minérales, les microbes pullulent moins vite, sécrètent à un moment donné moins de pigment, les cultures n'ont pas des aspects identiques, leur virulence est moins marquée. L'introduction de sels minéraux rend les mutations nutritives plus parfaites, les humeurs plus actives.

De ce que nous venons de dire, nous pouvons donc conclure à l'importance des sels minéraux dans la nutrition. D'autre part nous avons vu que la tuberculose est la maladie la plus déminéralisante. Nous avons vu notamment les pertes énormes en phosphore que fait le tuberculeux. Et pour restreindre notre étude, nous chercherons si les aliments introduits dans l'organisme, permettent de combler ces pertes en acide phosphorique que nous avons notées.

M. Jolly dans un livre très remarquable (1) a réuni tous les faits et toutes les théories capables de préciser le rôle des phosphates dans l'organisme et ses nombreuses analyses l'ont amené à reconnaitre que suivant les bases

(1) *Les phosphates*, leurs fonctions dans les êtres vivants, 1887.

auxquelles il s'associe, l'acide phosphorique est plus ou moins utile à la formation de certains organes. Les bases auxquelles il est combiné dans les cellules vivantes, sont toujours les mêmes : la chaux, la magnésie, la potasse, la soude, l'oxyde de fer et probablement l'oxyde de manganèse. Les phosphates en résultant se retrouvent toujours dans tous les organes, mais en proportions différentes.

Le phosphate de fer domine dans le sang ;

Le phosphate de soude domine dans le plasma ;

Le phosphate de potasse dans le système nerveux ;

Le phospate de magnésie dans le tissu musculaire ;

Le phosphate de chaux dans les os.

De cette énumération on peut dire que le phosphore est un élément indispensable à la vie des tissus. « Elé-« ment excitateur, spécifique et activant la formation « des noyaux, et par ce moyen, la reproduction et la « formation des éléments cellulaires, le phosphore, a dit « M. Gautier, conserve indirectement la jeunesse des « tissus. Ils leur transfère, grâce à ce mécanisme, ce que « l'on peut appeler la résistance vitale, c'est-à-dire l'apti-« tude à vivre et à se reproduire normalement, malgré « les causes incessantes de destructions physiques, chi-« miques et pathogéniques. »

M. Jolly estime, d'après ses analyses, que les pertes journalières de l'homme moyen sont de 2 à 3 grammes d'acide phosphorique par les urines et 1 gr. 50 par les fèces.

Nous avons vu d'autre part que l'élimination des phosphates était augmentée chez les tuberculeux et que la quantité d'acide phosphorique, d'après Tessier, pouvait varier de 5 à 8 grammes. Il y a, par suite, nécessité à combler ces pertes.

Quelle est donc la teneur en acide phosphorique des différents aliments?

Nous empruntons ce tableau au livre de M. Jolly :

	Pour 100 grammes de matière naturelle telle qu'elle est employée en cuisine		Rapport de l'acide phosphorique à l'azote
	Acide phosphorique	Azote	
Bœuf, 1re qualité	0,108	0,990	1 : 9,16
— 2e — (cuisse)	0,134	1,130	8,43
Cervelle	0,494	1,210	2,45
Veau (cuisse)	0,211	1,650	7,82
— (cervelle)	8,134	0,330	2,46
Mouton	0,467	3,910	8,35
Porc	0,341	3,870	11,34
Œufs de poule	0.102	0,240	2,35
Huîtres	0,706	4,350	6,10
Romsteack (1)	0,467	4,953	10,60
Filet de bœuf rôti	0,551	4,221	7,66
Riz	0,108	0,990	1 : 9,16
Farine d'avoine	0,134	1,130	8,43
Pommes de terre	8,134	0,330	2,46
Pois cassés	0,468	3,910	8,35
Lentilles sèches	0,341	3,870	11,34
Haricots secs	0,421	3,920	9,31
Fèves de marais sèches	0,706	4,350	6,16
Choux	0,260	0,280	1,08
Choux (feuilles vertes)	0,235	0,700	3,11
Navets	0,102	0,240	2,35

(1) D'après Joulie, *Urologie pratique*, p. 88.

M. Joulie lui-même a passé en revue un certain nombre de végétaux au point de vue de leur teneur en acide phosphorique. Nous empruntons aux tableaux qu'il donne les chiffres suivants :

	Pour 100 de matière (1) Normale Acide phosphorique	Azote	Séchée à 100 Acide phosphorique	Azote	Rapport de l'acide phosphor. à l'azote
Farine blé..........	0,251	1,580	0,299	1,802	6,29
Pain gruau.........	0,268	1,340	0,324	1.996	6,15
Pain complet.......	0,577	1,388	0,913	2,197	2,40
Fèves de marais.....	1,153	3,763	1,519	4,954	3,26
Haricots blancs......	0,691	4,463	0,789	5,095	6,45
— chevrier....	0,331	3,373	0,398	4,059	10,19
Farines : pois secs...	1,229	4.262	1.373	4,761	3,26
Lentilles...	0,955	4,560	1,072	5,121	4,78
Haricots r..	1,015	4,140	1,111	4,533	4,08
— blancs	1,036	4,262	1,141	4,670	4,09
Légumes frais					
Haricots verts épluchés..............	0,100	0,356	1,319	4,687	3,56
Pommes de terre nouvelles.............	0,153	0,351	0,794	1,813	2,29
Carottes rouges......	0,073	0,129	0,788	1,382	1,76
Asperges Nemours..	0,077	0,207	1,551	4,150	2,67
Riz cuit............	0,061	0,211	0,292	1,583	5,42
Fruits frais					
Pulpe de cerises.....	0,037	0,196	0,698	2,838	4,10
Pâtes................	0,035	0,113	0,498	1,588	3,22
Raisins chasselas....	0,380	1,390	3,670	13,100	3,56

(1) Joulie, *op. cit.*, p. 91-92.

Dans les urines normales, le rapport de l'acide phosphorique à l'azote de l'urée est de :

1 à 4,2, d'après les chiffres de Gautrelet ;

1 à 3,73 d'après Yvon ;

1 à 4,65 suivant Tanret.

Et par rapport à l'azote total, l'acide phosphorique est :

Comme 1 est à 4,50 d'après Gautrelet ;

Comme 1 est à 5 suivant Sulzer ;

Comme 1 est à 5,55 suivant M. A. Robin ;

Comme 1 est à 6,85 d'après Moreigne.

On peut donc admettre avec Joulie, que pour opérer une restitution parfaite de l'acide phosphorique normalement éliminé par les urines, le rapport de l'acide phosphorique à l'azote doive être au moins de 1/8. Il serait même préférable qu'il fût de 1/5.

Suivant les analyses d'aliments que nous avons données d'après M. Jolly, ce rapport varie entre 1/2,46 pour les cervelles de veau et 1/8,63, pour la viande de bœuf. Le régime carné, riche en azote, est donc pauvre en acide phosphorique, d'une façon générale. Dans les aliments végétaux, au contraire, le rapport de l'acide phosphorique à l'azote descend rarement au 1/10 mais s'élève souvent au 1/5 ou 1/4 et même au 1/2. Il est donc évident que le régime végétarien est au contraire riche en azote.

Pour un homme normal, on conçoit que le régime mixte, pain, viandes, légumes, puisse donner des rations suffisantes en acide phosphorique suivant le choix et la quantité des aliments consommés. Toutefois s'il était possible d'augmenter la ration des phosphates des aliments, on assurerait mieux la conservation des forces. Mais ce choix ne peut être laissé au hasard quand il s'agit des tuberculeux.

Nous sommes donc conduits à nous demander si les différents aliments répondent à cette condition : fournir une ration suffisante en acide phosphorique.

La viande. — D'après les analyses de M. Jolly, nous avons vu que la viande désossée de première qualité ne renferme que 0,235 d'acide phosphorique pour 100. Un régime carné même abondant est donc nettement déficitaire au point de vue de l'acide phosphorique.

A ce propos, il convient de signaler le danger de l'alimentation carnée abusive des habitants des villes. La quantité de viande absorbée est presque toujours beaucoup au-dessus des besoins de l'économie comme provision d'azote. Par contre, elle est pauvre en phosphate. Donc, double danger. Si du fait de cette alimentation insuffisante en phosphates, nous rapprochons cette considération que la vie incessante que nous menons, le surmenage que nous nous imposons use en quantité plus considérable les phosphates de l'organisme, on comprend facilement, étant donné le rôle des phosphates, que nous soyons une proie facile à la morbidité et que nous payions un tribut si redoutable à la tuberculose. Pendant le travail cérébral, il se dépense une quantité d'acide phosphorique double de celle fournie pendant l'activité musculaire (Bejosson).

Ainsi que le fait remarquer Jolly, il est certain que quand la provision de phosphates est insuffisante, les fonctions créatrices ne sont pas arrêtées : les éléments anatomiques se réparent quand même, de nouvelles cellules peuvent se former, mais avec une charpente imparfaite qu'elles n'ont pas les moyens de compléter puisque les matériaux font défaut. Elles ne peuvent pas offrir les qualités physiques de résistance, il en résulte nécessairement un affaiblissement et par conséquent un abaissement de la vitalité,

Le lait. — Le lait est très riche en phosphates ; il renferme en moyenne 2 grammes d'acide phosphorique. Tandis que la ration de Payen (en viande et pain) ne donne que 2 gr.75 d'acide phosphorique, les quatre litres de lait du régime lacté en apportent huit grammes. Il est donc facile de comprendre que le régime lacté soit essentiellement réparateur pour les malades affaiblis par une alimentation pauvre en phosphates et plus ou moins prolongée.

Mais nous avons vu l'impossibilité où nous étions de soumettre les tuberculeux au régime lacté exclusif, la difficulté qu'il y aurait à le faire tolérer en pareille quantité. Enfin les bons effets du lait sont lents à se produire notamment en ce qui concerne le relèvement de l'acidité générale. Certes à supposer que le malade ne puisse prendre qu'un litre de bon lait, l'acide phosphorique introduit par ce moyen ne serait pas à dédaigner. Mais il reste encore en déficit. Les farines, les féculents ne contiennent que de faibles quantités d'acide phosphorique.

Nous adresserons nous au régime végétal, aux épinards, aux haricots verts, à la laitue dont nous avons déjà noté les quantités respectives d'acide phosphorique? Mais on nous reprochera de surcharger l'estomac du tuberculeux, de rendre ses digestions difficiles, et par cela même de négliger l'alimentation azotée dont il a un égal besoin. Ici nous sommes dans un cercle vicieux : ou bien azoter le malade et par suite rester en déficit pour l'acide phosphorique ou bien au contraire le phosphatiser et être en déficit d'azote, et risquer de compromettre par une surcharge alimentaire les bons effets du traitement.

Pour sortir de la difficulté, nous sommes donc obligé de faire appel à l'arsenal thérapeutique, en lui demandant de nous fournir sous une forme facilement assimilable l'acide phosphorique dont nous avons besoin pour phosphatiser le tuberculeux.

Et cette adjuvance thérapeutique à laquelle nous faisons appel nous paraît très rationnelle. A une action hypothétique contre le bacille, dont s'inspirent les antiseptiques, nous substituons une action, basée sur des notions réelles : le tuberculeux est déphosphatisé, il faut le phosphatiser.

Sous quelle forme donnera-t-on l'acide phosphorique indispensable à l'organisme pour mettre en charge dynamique ses leucocytes ?

Nous ne voulons pas le préjuger. Nous voulons seulement établir que le régime alimentaire, quelle que soit son abondance, est insuffisant sous ce rapport, et d'autant plus insuffisant que le malade s'alimente moins.

S'adressera-t-on aux combinaisons chimiques ou aux combinaisons organiques de l'acide phosphorique ; nous n'avons nullement l'intention de répondre à la question car nous sortirions du sujet que nous nous sommes tracé :

à savoir le régime alimentaire du tuberculeux. Toutefois nombre d'expériences de physiologie nous conduisent à admettre que les matières minérales sont d'autant mieux assimilées qu'elles sont offertes en combinaisons avec des matières organiques.

C'est donc aux combinaisons organiques que nous aurons recours de préférence.

Ce sera notre conclusion.

Nous avons vu dans ses grandes lignes, le régime alimentaire des tuberculeux. Nous avons montré la nécessité d'une alimentation azotée, tout en insistant sur ses dangers.

Pour les graisses et les hydrates de carbone, nous avons exposé de quelle utilité elles peuvent être pour permettre à l'organisme de fixer de l'albumine et de faire face à son besoin de calories. Aurons-nous réussi à montrer que le régime alimentaire est insuffisant à combler le déficit en acide phosphorique, nous l'espérons.

CONCLUSIONS

1° Le traitement diététo-hygiénique des tuberculeux comprend trois indications fondamentales : mettre le malade au repos, lui faire respirer un air pur, le bien alimenter.

2° Le bilan nutritif du tuberculeux est celui d'un sujet soumis à des pertes en azote plus élevées que l'homme sain. Il élimine également une quantité notable d'acide phosphorique.

3° Il faut donc azoter le tuberculeux. Mais en fait la fixation de l'albumine ne dépend pas uniquement de l'ingestion des protéiques ; il est nécessaire de faire appel à des aliments d'épargne de celle-ci, tels que les hydrates de carbone et la graisse, et considérer que la fixation de l'albumine dans l'organisme, l'engraissement azoté relève surtout de l'activité des cellules.

De plus la suralimentation carnée devient vite une cause d'intoxication.

4° Les graisses et les hydrates de carbone sont nécessaires pour faire face au besoin de calories que les aliments azotés ne peuvent couvrir que pour une faible partie.

5° Le régime alimentaire du tuberculeux doit être basé sur l'observation individuelle du malade et varier suivant les indications fournies.

6° Les aliments introduisent-ils dans l'organisme une quantité d'acide phosphorique égale ou supérieure à celle éliminée par les urines ? D'après les analyses que nous donnons des principaux aliments, il semble bien que la quantité apportée par eux soit insuffisante. Nous sommes donc obligé d'ordonnancer des préparations phosphorées, pour fournir à l'organisme l'acide phosphorique qui lui est nécessaire.

BIBLIOGRAPHIE

ARNOULD. — Nouveaux éléments d'hygiène.

AUDIGANNE. — Rech. urologiq. dans la tub. *Th.* Paris, 1898.

ARTHAUD. — Etudes sur la tub., *Progr. méd.* 1898.

ARTHUS. — Eléments de physiologie.

BOUCHARD et BRISSAUD. — *Traité de méd.*, t. VII, Art. Tub.

BARTH. — Traitement de la tub.

BENNETT. — Rech. sur le trait. de la tub.

BEAULAVON. — Traitement de la tub. dans les sanatoria, *Th.* Paris, 1896.

BRUNON. — *Revue de Médecine*, 10 juillet 1900.

BOUREAU. — Terrain tuberculeux. Terrain arthritique. 1900.

BOUILLET. — Trait. de la tub. pulm., 1897.

BOUVERET. — Traitement des maladies de l'estomac.

CORNET. — Applicat. diététique dans les mal. des voies digestives, 1900.

CLAUDE. — La lécithine dans la tub. pulm., *Presse méd.*, 1901.

CHUQUET. — Hygiène des tub.

COSSET. — Tuberculeux curables, *th.* Paris, 1900.

CHANCEREL. — Influence des végétaux sur la tub., *th.* Paris, 1895-96.

DAREMBERG. — Traitement de la phtisie pulmonaire, Paris.

DEBOVE. — Leçons sur la phtisie.

DESTREZ. — Du trait. hygiénique de la phtisie, *th.* Paris, 1888.

DURANTE. — Trait. aliment. *Riforma med.* 1897.

DETTWEILLER. — Traitement hygiénique de la tub., Paris, 1888.

DUJARDIN-BEAUMETZ. — Clinique thérap., tomes I–II.

EWALD. — *Klin der Verdauungs Krankheiten*, 1885.

EINHORN. — Beurre pour phtisiques, *New-York med.*, 1895.

FIQUET. — Dérivés protéiques des albuminoïdes, 1897.

FONSAGRIVES. — Hygiène alimentaire, 1881.

— Traitement de la tub. pulm., 1876.

FRAENKEL. — Maladies de l'estomac, 1900.

GAUBE. — La minéralogie biologique, *Pr. méd.*, 1896.

— Sol. des tuberculeux, *Bull. de Thérap.*, 1896, c. XXX.

— Traitement de la tub. pulmonaire, *Méd. moderne*, 1894.

— *Archives générales de médecine*, 1894.

GRANCHER. — *Bull. méd.*, alimentation des tub., 1895-96-97.

— Art. tub. *Traité de méd.*, Brouardel, Gilbert.

— De l'alimentation des tub., *Revue d'hygiène thérapeutique*, 1897.

Germain SÉE. — Formulaire alimentaire.

GAUTIER. — Chimie biologique.

GUIMBAIL. — Traitement rationnel de la tub. pulmon. Thérap nouvelle, 1896.

GRANCHER. — Maladies de l'appareil respiratoire, Paris, 1890.

GRANCHER et HUTINEL. — Art. Phtisie du *Dict. encyclop.*, t. XIV, 2e série.

GAILLABARDIER. — Trait. aliment. de la phtisie, Art. méd. 1897, *Poitou méd.*, 1897.

GAUTIER. — *Bull Acad. méd.*, 1900.

Guetschel. — La guérison de la tub. Sa possibilité. Ses facteurs. *Th.* Lyon, 1901-1902.

Hanot. — Art. phtisie, du Dict., Jaccoud.

Hérard-Cornil-Hanot. — La phtisie pulmonaire, 1864.

Harris. — Dyspepsie des phtisiques, *Lancet*, nov. 1893.

Hamard. — Essai sur la viande et les conserves de viande, *th.* Paris, 1901 1902.

Joulie. — Urologie pratique.

Jaccoud. — Curabilité et traitement de la tub. pulmon., 1881.

Jolly. — Les phosphates, leurs formations dans les êtres vivants. 1887.

Knopff. — Les sanatoria, *Th.*, 1895.

Landouzy. — *Revue de médecine*, 10 juin 1899. (Terrains propices à la tub.), *Passim.*

Leudet. — Traité de la tub. pulmonaire, *France médicale*, 1896.

Lyon. — Traité de thérapeutique.

Le Brigant. — Essai sur la tub. pul. dans ses rapports avec l'alimentation. *Th.*, Paris.

Lemoine. — Les phtisiques gras, *Sem. médicale*, 28 mars 1900.

Letulle. — *Pr. médicale*, 7 juin 1896, 16 juin 1900, *Passim.*

Laumonier. — Hygiène de l'alimentation, hygiène de la cuisine, 1894.

Linossier. — Hygiène des dyspeptiques.

Lefrançois. — Méthodes thérapeutiques dans la tub. *Th.*, Paris, 1895-1896.

Leclerc. — Prophylaxie et traitement de la tub. *Th.*, Paris, 1895-1896.

Lambling. — Traité de pathologie de Bouchard, t. iii.

Mathieu. — Régime alimentaire.

Marfan. — Troubles et lésions gastriques de la tub. *Th.* Paris, 1887.

Masson. — Alimentation des tub. *Th.* Paris, 1878.

Mays. — La graisse dans la tub. pul. *Philadelphia polycl.*

De Moor. — Trait. diététique de la tub. pul. *Belg. médicale.*

MUSELIER. — Trait. général des tub. *Bull. de Thérap.*, 1896.
MERKLEN. — Hygiène des tub., 1895.
MAURANGE. — Trait. de la tub. pul. *Gaz. hebd. méd.* 1897.
MUNK et EWALD. — Traité de diététique. Trad. franç., 1897.
PETER. — Cliniques médicales, t. II.
PIDOUX. — Etudes sur la phtisie, 1874.
PLICQUE. — Régime aliment. et tub. *Pr. méd.* 1895.
— Suralimentat. des tub. *Journal des Praticiens.*
PALLE. — Alimentat. des tub. *Th.* Paris, 1897.
PETIT LÉON. — Le phtisique et son trait. hygiénique, 1895.
POTAIN. — Acc. gastriques des tub. *Sem. méd.*, 1898, septembre.
— Acc intestinaux des tub. *Sem. méd.*, oct. 1893.
PLICQUE. — Huile de foie de morue, *Pr. méd.* 1901.
PORTER. — Trait. diététique de la tub. *Amer. med. surg. bull.* 1896.
PÉGURIER. — Trait rat. de la tub. pul.
PUJADE. — La cure pratique de la tub.
A. ROBIN. — Urologie des tub. *Arch. gén. de méd.*, 1895-1896.
RICHET et LAPIQUE. — Dict. de Physiol., t. I. Aliments.
RICHET. — Zomothérapie. Soc. de Biol. Acad. de méd., 1900.
A. ROBIN. — Communicat. Congrès de Londres, 1901, 26 juillet.
A. ROBIN. — Communicat. à l'Acad. de méd., 19 mars 1901.
ROMME. — Extraits de viande. Peptones. *Pr. méd.*, 1897.
SABOURIN. — Trait. rat. de la phtisie, 1895.
SÉE (G.). — De la phtisie bacillaire, 1875.
— Le régime aliment., 1887.
— Les dyspepsies gastro-intestinales, 1883.
TROISIER. — Trait. de la tub. pul. in Traité de Thérap. de A. Robin.

IMPRIMERIE F. DEVERDUN, BUZANÇAIS (INDRE).

BUZANÇAIS (INDRE), IMPRIMERIE F. DEVERDUN.

www.ingramcontent.com/pod-product-compliance
Ingram Content Group UK Ltd.
Pitfield, Milton Keynes, MK11 3LW, UK
UKHW031906260826
14628UKWH00003B/1029